月光値千両

妻は、くノ一 5

風野真知雄

角川文庫
15832

目次

序　新しき友　五
第一話　開かずの間　一四
第二話　猫のような馬　五八
第三話　お化け屋敷　九七
第四話　神さまの忘れもの　一四一
第五話　ちぎれても錦　一七九
第六話　お化け屋敷ふたたび　二一八

序　新しき友

千代田の城に中奥番として勤める鳥居耀蔵《とりいようぞう》が、桜田御用屋敷の川村真一郎《かわむらしんいちろう》を訪ねてきた。約束なしのふいの訪問だった。

川村は実質上、お庭番を統率する若き実力者である。ただし、いまは居留守を使っても相手をしたくないときだった。下忍《げにん》の織江《おりえ》のことが気がかりなのだ。

潜入しているはずの平戸《ひらど》藩下屋敷へ、外部から緊急を要する合図を送っているが、もう五日も応答がないという。これは明らかに異常な事態である。

ふつうは中に送り込んである密偵や、あらたに送り込む密偵によってすぐに報告が上がってくる。だが、九州のいくつかの藩では、この密偵の潜入が完全にはばまれている。平戸藩もその一つだった。

織江と連絡が取れなければ、何がどうなったか皆目わからない。

といって、直接、平戸藩を問い質《ただ》すことができるような証拠は皆無である。

「お引き取りいただきますか?」

と、屋敷の下忍が訊《き》いた。

「どうしよう……」

——いまは焦っても仕方がないか。

川村は自分に言い聞かせた。

それに、鳥居の用というのも気になる。

あの男は、ずいぶん接近してくるようになっていた。わたしでなければいけないというのでもないだろうに、どこか見込まれたのか、それともわたしに対して友だちのような気持ちを持ったのかもしれない。

歳は川村のほうが二つほど上である。だが、同年代という感じはする。

友だち。それは不思議な味わいのある言葉だった。

——いままで、そうした存在を持ったことがあるだろうか?

と、川村は思った。これまでの人生に現われたのは、敵と、取るに足りない者と、その二つの種類の人間たちだった。

鳥居には敵対する理由がなかった。

では、取るに足りない男かと言うと、それも否定できる。なんのかんの言っても、あの男は頭が切れた。

味方なのか？　それも違うように思う。共通の敵もいるが、敵の意味が違ってい
る気がする。やはり、いまのところは友だちという言葉がしっくりいく気がする。
鳥居は変に人好きのするところがあった。ひねくれているし、屈折もしている。
ある種の薄気味悪さも感じられる。それでも、どこか人懐っこいのだ。
――おかしな御仁よ。
やはり、会うことにした。
「では、私邸のほうの客間に通してくれ」
川村は客間に向かった。
鳥居は座らずに、縁側で庭を見ていた。坪庭のようなものだが、きちんと手入れ
がなされている。誰に見られても恥ずかしくはない。
「これはわざわざ」
川村が声をかけると、
「こっちこそ突然、すまない」
と、鳥居は答えた。
生真面目な堅苦しい顔だが、気弱で神経質そうな、親類に挨拶させられるときの
少年のような表情も見せる。
背は高い。下手すると、川村より少し高いかもしれない。だが、とんぼが羽を休

ませたくなるくらい、棒のように痩《や》せている。

「これは手土産だ」

正座して、持参した小さな桐箱を前に出した。

「ほう」

「献上品でな。上さまも好物だ」

箱を持ち上げると、かたかたと乾いた音がした。

「開けてくれ」

「うむ」

開けると虫がいた。思わず眉をひそめた。セミのような虫だが、しかし頭にはキノコが生えていた。

「冬虫夏草《とうちゅうかそう》だな」

と、川村は言った。土の中で育ちつつあったセミの幼虫の身体に、きのこが生えて一体化していた。漢方ではこれを薬として使う。

ただ、知識としては知っていたが、見るのは初めてだった。目の当たりにすると、やはり気持ちのいいものではない。この異様に不釣合いな感じは、鳥居という男に似ているような気もする。

「煎《せん》じるのか？」

「いや、上さまは軽くあぶり、こう二つに折って虫のところときのこのところをいっしょに召し上がる。珍味だそうだ」

本当だろうかと思ったが、

「いただこう」

と、うなずいた。おそらく食べないだろうが。

「ところで、鳥居どの。今日は？」

「うむ。いい案が浮かんだのでな」

と、鳥居はいまにも涎《よだれ》でも流しそうなくらい嬉々《きき》として言った。

「案とは？」

「松浦静山《まつらせいざん》をこっちの罠《わな》に誘いこめばいい」

「どうやって？」

「わたしはいま、甲子夜話《かっしやわ》を熟読している」

「ああ、あれか」

前にも話に出た。松浦静山が書きつづっている膨大な随筆集である。教訓話やら、怪奇な話などがごった煮のように詰め込まれている。そう毒っ気のある話とも思えないが、だが、静山の真の意図はわからない。

あれに何が秘められ、さらに膨大な量となって完成したとき、浮かび上がってくるのはどんな世界観なのか。まだ、全貌《ぜんぼう》は見えていないのである。

「あれを読むと、静山の趣味嗜好《しこう》、発想法、政治観などさまざまなものが見えてくる。わたしのおやじの林述斎《はやしじゅつさい》が書いたものを読んでもつくづく思うのだが、書くという行為には不思議なところがある。書けないこと、書きたくないことを山ほど背中に隠しているくせに、その隠そうとしていることがどうしてもちらちらと垣間《かいま》見えてきたりする。ただでさえそうなのに、あれだけ膨大に書けばそれは自然に浮かび上がってしまうのさ」

「ふうむ」

と、川村はうなずいた。きれいごとを信じない、いかにも鳥居らしい独特のものの見方だった。

「そのうち、弱点までわかってきた」

「静山の弱点？」

「そうよ。いいか、あいつは本当はひどく怖がりなのだ。それを克服しようとして、あんなふうに奇妙な話が好きになってきたのさ」

と、鳥居は伝家の宝刀でも見せるように、自信たっぷりの顔で言った。

「それは……」

川村はその先は言わなかった。そこは違っているだろう。うがちすぎというもので、あの男の豪胆さを、鳥居は知らないのだ。

「あいつは相当、屈折しているぞ」

と、鳥居は嬉しそうに言った。

「屈折とな……」

根っこからねじ曲がった盆栽のような鳥居が言うのは滑稽《こっけい》な気がする。だが、笑みは我慢した。

「それで、じっさいは何をしようと？　我らお庭番としても協力できることがあれば手伝わせていただくが」

「それだ。じつは、屋敷を探している」

「屋敷？　鳥居どのの？」

そこにこもって、あぶな絵でも集めていたりしても不思議ではない。

「そうではない。静山が気に入りそうな屋敷を買い取り、そこにさまざまな仕掛けをしておくのだ。盗み聞きもできれば、盗み見も。いざというときは暗殺もできる。そうしてつくり変えた屋敷を松浦静山に抱え屋敷として買わせるのさ」

「なんと」

お庭番でも近ごろはやらないような大仕掛けを、この男は考えたのだ。それは面白いかもしれない。

「買うかな」

「買わせるのさ」

「どうやって？」

「だから、あいつの弱点を利用すると言っただろう。ま、そこらはまかせてくれ。そのかわり、問題がある」

「なんだ？」

「ついては、その費用をこちらで捻出《ねんしゅつ》してくれぬか」

「それはまた……」

図々《ずうずう》しい申し出である。だが、お庭番の資金は潤沢であり、いざというときに備えて、相当な額を溜《た》め込んでいる。もう少し、具体的に進んでからだが、抱え屋敷を買い取るくらいの資金は調達してやってもいい。どうせ、松浦静山から回収することもできるだろうし。

「やれるぞ、これは」

と、鳥居は仕掛けに自信たっぷりである。「静山を足がかりに、九州の蘭癖《らんぺき》どもを一網打尽にできるやもしれぬ」

この前の失敗について、懲りてもいなければ、忘れてしまったらしい。

――しつこい男よ。

と、川村は内心、呆《あき》れた。だが、こうしたしつこさというのは、仕事をしていくうえでは大事なことなのである。いま、桜田屋敷の周辺にいる男たち、とくに正式なお庭番の家柄の男たちの淡白なこと。とことん食いついてやろうなどという気概のある者などほとんど見当たらないのだ。

――もしかしたら、この男、出世するかもしれない。

やはり自分は、鳥居耀蔵という妙な男を高く買っているのだと思った。

第一話　開かずの間

一

織江が平戸藩下屋敷から失踪《しっそう》した夜――。

彦馬《ひこま》はすぐに、吉原《よしわら》からもどって遅い夕食をとっていた松浦静山に報告したものだった。飯炊きの女がいなくなっているが、じつはあの女はわたしの妻、織江だったと。

「何と、飯炊きのお里《さと》が……」

静山は頭の中で織江の姿をなぞるような目をして、

「そなたが気づいたのか？」

と、訊《き》いた。

「いえ、わたしの養子が気づいたのです」

「養子？」

「はい、雙星雁二郎《ふたぼしがんじろう》といって、このたび江戸詰めになりました」

「あ、あれがな」

と、静山は微妙な表情でうなずいた。まさか、あの珍芸すっぽんぽんのぽんを見たのではないだろうか。藩士の消息については、下々にいたるまで通暁していたりするからわからない。

「巧みな変装だったそうです」

そういえば——。

正月に泊まり込んだとき、彦馬はなぜか織江の存在を感じた。そして、唐人人形が空を飛んだ。いま思えば、あれは織江のしわざではなかったか。

「あの女がのう。見事にだまされたわ」

静山はむしろ感心した。

「だが、いったい、どこから仕掛けが始まっていたのだ。日本堤《にほんづつみ》でおにぎりを売っていたお里を最初に見たのは、はていつだったか？」

「さあ」

彦馬はわかるわけがない。だが、もしかしたら、織江は平戸に来る前から、そうした仕掛けに着手していたのかもしれない。

「くノ一、恐るべしじゃな」

と、静山はつぶやいた。

「だが、急に消えたということは、ここで何か摑《つか》んだのでしょうか」

「どうかな」

「あ、御前、まさか……」

あの書物のことが閃《ひらめ》いた。『西洋武器惑問』。たくさん写本をつくったので、漢文だったが中身はずいぶん頭に入っている。次に船に乗るときがあれば、かなり役立つかもしれない。

「あれか」

「あのとき、織江もあのあたりにいたのでしょう?」

「おったな。うむ、あのときに盗られたに違いあるまい。だが、あの書物のことでは、いまのところ誰に問いただされることもない。ま、そのうちわかるさ」

焦ったようすはない。しらばくれ切る自信はあるらしい。

「はっ」

「それより、わしが早く気づいていたら、そなたともちゃんと対面させてやれたかもしれぬ。悪かったな」

「そんな……」

「だが、残念よのう。あの飯がもう食えぬのか」

静山は手にしていた茶碗《ちゃわん》を困ったわがまま娘でも見るように眺め、みそ汁を上からぶっかけて、勢いよくすすりこんだものだった。

織江の足取りがほんの少しわかったからといって、手習いの先生の仕事をうっちゃるわけにはいかない。すでに子どもたちに対して責任が生じているのだ。

だから、彦馬はほぼ毎日、法深寺《ほうしんじ》の手習い所に、先生として通いつづけている。

この朝も、法深寺に出てきて、今日、みんなに見せるつもりの天球儀に油を差したりしていると、

「ほんとに不思議だね」

「そうだろ」

「何なんだろう？」

「おいらだってわからねえよ」

生徒のおゆうと勘太《かんた》が話をしていた。

そう切羽詰まったようすはないが、何かおかしなことが起きたらしい。

まだ、子どもたちの三分の一ほどは来ていない。いくらか無駄話の余裕もありそうだから、

「どうかしたのか？」

と、訊いてみた。

「はい」

おゆうがうなずくと、勘太が、

「うちに開かずの間があるんだよ」

と、困ったような目をして言った。

「開かずの間？ 建てつけでも悪いのか？」

「そんなんじゃねえって。鉄板を張った戸に、二重に鍵《かぎ》がかけられてるんだぜ」

「勘太の家は自分の家か？」

「貸家に決まってんだろ」

自慢気に言った。じっさい、持ち家の子などほとんどおらず、たいがいは裏店住まいの子どもたちである。

「大きな家か？」

「いちおう三部屋あるけど、そのうちの一つは開かずの間だからね」

「もう少しくわしく教えてくれ？」

「家はくの字形になっていて、四畳半くらいの土間に、六畳、六畳とあるんだけど、そのうちの真ん中の六畳は頑丈にふさがれていて、ひとつだけある出入り口も大きな鍵がかかって入れないんだ」

勘太がそう言うと、

「台所や玄関がある土間から奥の六畳に行くときは、また外に出て、庭から縁側に上がるんだよ」

と、おゆうが補足した。

「家の中に開かずの間があるなんて、怖くないのか？」

と、彦馬は訊いた。

「母ちゃんは怖かったらしいよ。子どものときからお化けが大嫌いで、夜はできるだけ外に行かないようにしてきたんだって。それが、家の中に開かずの間だもんな。母ちゃん、行くとこがなくなったって。もし、おいらがいなかったら、父ちゃんとは別れて逃げたかったって言ってた。でも、家賃がべらぼうに安いんだって。女ってどんなに怖くても、値段が安いって聞くと、たいがいのことは辛抱しようって思うのかな」

「へえ」

彦馬は興味をかきたてられた。やたらに家賃が安いというのは、間違いなく不都合なことがあるのだ。

「変でしょう？」

と、おゆうが大人びた口調で言った。

「確かに変だが……」

よその家のことである。やたらに首を突っ込むことはできない。

「先生、そういう謎を解くのが得意でしょ？」

「得意なわけじゃないさ」

だが、江戸に出てきてから、ずいぶんおかしな謎に出遭ってきた。そうしたできごとを記すようにと言われて書きはじめた『夜話のしずく』も、二冊目に入っている。

「ちょっとだけ勘太の家を見てみてよ、先生」

「そうだよ、おいらからも頼むよ」

と、勘太も手を合わせた。

「それは見るだけならかまわんが……」

とりあえず、手習いが終わったあとに行ってみることにした。

二

皆を送り出したあと、彦馬は待っていたおゆうや勘太とともに本郷《ほんごう》の坂を下った。

坂のわきの桜のつぼみがこけしの頭のようにふくらんできている。花の便りが坂下の向こうからこっちに近づいてきている気配があった。

坂を下りきり、広小路《ひろこうじ》を横切って、ちょっと右に折れたあたり。

「そこを曲がったところだよ」

と、勘太は指差した。ここらは町人地がお取り上げになったかわりに、別の土地をもらったいわゆる代地《かえち》が入り組んでいて、彦馬のようなよそ者にはひどくわかりにくいところである。ここはなんでも牛込袋町《うしごめふくろ》の代地になるらしい。代地だらけで、内神田も牛込も麹町もごっちゃになっている。お雑煮とおでんをまぜたみたいな土地柄である。

ちょっと佐久間《さくま》河岸のほうに行けば、西海屋《さいかいや》が近くである。おゆうの家である土《ど》州屋《しゅうや》もすぐである。

「おう、立派な建物じゃないか」

下半分が瓦《かわら》で模様をつくったなまこ壁で、いかにもどっしりしている。

窓ははるか上にあって、跳び上がったくらいでは届きはしない。

しかも太い鉄格子がはまっている。これでは、はしごを使っても、中をのぞくことは難しいだろう。

「元は蔵だったらしいよ」

と、勘太はなまこ壁を叩きながら言った。

「長屋よりもはるかに居心地はよさそうだな」

彦馬はお世辞でなく、そう思った。

「冬はあったかいって母ちゃんも言ってるよ」

「おい、勘太。何やってんだ？」

話していると、家の端から顔がのぞいた。

「あ、父ちゃん。手習いの雙星先生だよ」

「おや、こいつはどうも」

ぴちゃっとてのひらで頭を叩《たた》いた。話好きの気さくな人柄らしい。

「じつは開かずの間があるという話を聞きましてね」

「そうなんでさあ。あっしも変だなと思ってってね。でも、大家に訊《き》こうとしても、余計な興味を持つなら出てってもらうよ、と冷てえのなんのって。この家賃で、二間に庭までついてる家なんざ、江戸中、探したってみつからねえ。せいぜい犬小屋程度の家賃ですから。それで、中に死人がぶらさがっていようが、バケモノが飲み会を開いていようが、見てないということで諦《あきら》めようと」

父親がそう言うと、勘太はがっくり肩を落とすようにした。子どもだって、自分がそんな家に住んでいると思ったら、怖いだけでなく、情けなくなるだろう。

「まさか、そんなことはないでしょうが」

勘太の肩をなぐさめるように叩き、

「それじゃ、訳を探ったりしたら迷惑かな？」

と、訊いた。

「いや、あっしだって、わかるものならわかったほうがいいですから」

親たちも気にはなっていたのだ。それはそうだろう。家の真ん中に開かずの間があるような家で寝るよりは、まだ墓石を抱いて寝るほうがましかも知れない。

見上げると、ふつうの二階建て分ほどはある。住まいのほうをのぞかせてもらうと、床下が高くなっているのか、いくらか天井が高くなっているだけで、ふつうの一階建てである。

こういうところも何となく気味が悪い。

「床下は？」

そこに秘密があるのかもしれない。

「もちろん、床板を上げて調べました。何もねえです」

「話し声がしたとかも？」

「ないですねえ」

「音は？」

「それも、ねえんです。ただ、ここはもともと蔵だったくらいで、壁の厚さは一尺もあろうかというほどですから、中で太鼓叩いたって聞こえないくらいだと思いますぜ」

「たしかにね」

壁をこつこつ叩きながらぐるりと回った。

開かずの間の壁のところに、ヘビがとりつくようにしていた。

「ここらは川が近いせいか、ヘビが多くてねえ」

「はあ」

川が近いとヘビが多いのか、それは初めて聞いた。

「家主は？」

「そこの蛇《じゃ》の目屋《めや》という大きな傘屋です」

と、勘太の父は指差した。黒板塀で囲まれ、広い敷地には蔵も見えている。路地を挟んだこっちは使い勝手が悪くて貸家にしたのかもしれないが、開かずの間にする理由はわからない。大家に余計なことは訊くなと言われたのだから、家主にはますます訊けっこないだろう。

ご禁制の品でも隠していると想像すればかんたんだが、こんな江戸のど真ん中で、しかも立派に表通りで商売をしている店が、そんな馬鹿げた真似をするわけがない。

この謎はとてもすぐにはわかりそうもない。

「また、うかがってもいいですか？」

彦馬がそう言うと、勘太は嬉《うれ》しそうな顔をした。

「もちろん」

と、勘太の父はうなずいた。

「じゃ、今日はひとまず」

じっくり考えてみるつもりである。

桜田御用屋敷で下忍《げにん》として働く万三《まんぞう》は、本所中之郷《ほんじょなかのごう》の平戸藩下屋敷の前を、天秤棒に深めの桶を二つぶさ下げ、どじょうを売りながらのろのろとやって来た。緩慢な動きはもちろん芝居のつもりだが、もしかしたらすっかり地になってしまったかもしれない。

大名屋敷に潜入した密偵たちとの連絡役として、ほとんど毎日、本所から深川《ふかがわ》をどじょう売りに扮《ふん》して回っている。どじょうは本当に売っている。深川で仕入れ、それをかついで売り歩く。儲《もう》けは自分のものにできるからありがたい。以前、下忍頭の一人で耳助《みみすけ》という男が、そういう稼ぎの半分は差し出すべきだと言い出し、下忍たち皆が猛反対して撤回させたものだった。

万三はずっと江戸の勤務で、遠国御用は経験がない。

下忍の先輩からは、「まだ若いのだから、遠くに行って鍛えて来い」などとよく

言われたりする。腕もまあまあだし、物覚えも悪くないのだからと。そんなときは、

「おれもその気はあるんだけど、なにせ上がね」

と、答えた。

外に出してもらえないというわけである。

ただ、これは万三が好んでしている生き方である。

あくせくしないで、のんびりと生きたい。かなり子どものころからそう思うようになった。

――猫みたいに生きられたらいいのに……。

一日中、陽だまりでぬくぬくと眠り、ちょっと高いところから、人の世のことなどどこ吹く風と見下ろしている。

「出世しろ。大きく生きろ」

と、下忍を統率する男からよく言われる。そんなことはしなくてけっこうである。

這《は》い上がらなくていい。おれは小さく生きたい。

こんなくだらない世界で、認められ、出世して、それが何だというのだろう。認めるほうがくだらなければ、くだらない人間が認められるだけの話だろう。

ただ、こういう生き方は加減が難しい。あまりにやる気がないと思われると、もっとひどい仕事、命の危険もある仕事に回される。やる気はあるが、使えない――

この匙加減《さじかげん》が微妙なのだ。

「どんじょ、どんじょおおお」

と、語尾を歌うように長く伸ばした。ほかのどじょう売りとは違う独特の調子である。じつはこれ、至急、応答するようにという合図だった。

だが、何の返事もない。

なまこ塀がつづく道は静まり返っている。季節はずれのどんぐりが降ってくることもない。

そのまま通りすぎる。だが、万三の後ろからもう一人、何か動きがないか見張っている者がいるし、あと二人、裏手に回って、人の出入りをたしかめている。この屋敷はいまや、桜田の密偵たちがつぶさに目を光らせていた。

どうやら、あの織江が何かしでかしたらしい。

ここの下屋敷から消えたみたいなのだ。

今日、出がけにも川村真一郎たちがそんな話をしていた。

「母親は知っているのか？」

「たとえ知っていても、雅江《まさえ》はしらばくれるだけだろう」

「拷問を」

「馬鹿を言え。天守閣のくノ一と呼ばれた女が、そんなことでしゃべるか。自害して終わりだ。だが、生かしておけば、織江はかならず連絡を取ってくる」

万三は織江のことをよく知っている。万三が二つ年下で、いっしょに遊んだりもした。同じ齢で仲のいいお蝶《ちょう》さんのように華やかなところはないが、感じのいい人である。

——もしかしたら、抜けようとしているのか。

若い娘があんな厳しい仕事をさせられるのだから、嫌になっても何の不思議もない。「お前たちはもう、ほかでは生きられないぞ」と、よくそう言われてきた。「生きる手立てすらあるまい」と。だが、そんなことはない。そう思い込ませようとしているのだ。現におれだってこのままふつうのどじょう屋になっても、なんら変わることはない。

いままで、抜け切った者はいないと言われる。執拗《しつよう》に追いかけ、必ず息の根を止めたと。さらに親類縁者をみな殺しにしてきたと。

だが、それだって本当のことかわからない。

親類縁者をみな殺しと言われて怯《おび》えるのも、れっきとしたお庭番の連中だけで、おれたち下忍なんぞはろくろくそんなものすらない。現におれだって、あそこの下忍で信平という爺さんに拾われてきた子で、その爺さんもすでに亡くなっている。

——なあに、脅しだよ。

と、万三は思った。

三

彦馬は飼い猫のにゃん太をかまっていた。

にゃん太も遊んでもらいたいらしく、彦馬が帰ったとわかると、外に出ていても甘えた声を出しながらもどって来る。飯は長屋の女房がやったと言っていたから、飯の催促ではないのだ。

「何して遊ぶ？」

そう種類はない。空中で紐《ひも》を振り回すか、床で紐をヘビのようにくねくねさせるかのどっちかである。空中でやるときには、紐に銭を通す。それが面倒なので、ヘビのほうで遊ばせた。

にゃん太につかませまいと、ついムキになっていたら、

「雙星先生の家はこちらですか？」

誰か訪ねてきた。紐の動きが止まると、にゃん太はつまらなそうな顔で外へ出て行った。

「やあ、これは」

勘太のおやじだった。

赤い手ぬぐいで鉢巻をしている。いなせというより、割れた頭を手ぬぐいで固定しているような感じである。

「ちょっとうかがいたいことがありましてね。先生は何でも知っているというので」

「そんなことはないが、知ってることなら隠さずに答えますよ」

「鳥って夜も飛ぶんですかい？」

と、勘太そっくりのカン高い声で訊《き》いた。

「ああ、すべて飛ぶかどうかはわかりませんが、夜も飛ぶ鳥はいっぱいいますよ」

「飛ぶんですか？　鳥目《とりめ》って言うから、夜は飛べなくなるのかと思いました」

「カモメが夜に船の上を飛ぶのは何度も見たことがあります。カラスも夜になると目立たないんですが、そこらを飛んでるときがあります。わたしは星を見るので、カラスだのコウモリだのがつい見えてしまうんです」

夜のカラスというのは、人の運命を運んでいるように見えたりする。

「はあ、星をねえ」

「だいたい、夜、飛ぶことができなかったら、渡りもできないでしょう」

「そうか。じゃあ、とくにどうってことはねえんだ」

勘太のおやじは拍子抜けしたような顔をした。

「どうしたんですか?」

「いえね、うちの例の開かずの間なんですがね、昨夜、飲みすぎて帰って来て、路地のところに出て酔いを醒《さ》ましてたんです。そしたら、開かずの間の窓のところから、白っぽい鳥が、ちゅんちゅんと鳴きながら隣りの屋根あたりに飛んでいきましてね」

「ちゅんちゅんと?」

「ええ」

とすれば、スズメだろう。カモメやカラスはちゅんちゅんとは鳴かない。

「ううむ、どうだろう? スズメが夜、飛ぶのはあまり見たことがないなあ」

彦馬は首をかしげた。だが、いちがいに否定はできない。生きものも能力を隠していて、いざというときに発揮したりすることもある。何だってそうだが、目に見えているものがすべてではない。

あるいは、スズメによく似た柄のガがいるので、そっちと間違えたということはないだろうか。

「自分の目でたしかめたくなってきたなあ」

と、彦馬は言った。

開かずの間の窓から飛んだというのもひどく気になる。

「じゃあ、来てくださいよ。今夜も飛ぶかどうかはわかりませんが」

そこで、彦馬も行ってみた。

彦馬の家から勘太の家はどんぶり飯を一杯ゆっくり食い終えるくらいの時間で着いてしまう。

「どこで見たんですか？」

「ここです、ここ」

家はくの字形で、内側は小さな庭になっている。その庭を出たところが路地になっていた。その路地で勘太のおやじは悪い酒を吐くに吐けず、「三べんも死んだ幽霊みてえに」ぼんやり立っていたらしい。

「こんなところでねえ」

開かずの間の向こうは大通りである。家主でもある〈蛇の目屋〉というたいそう大きな傘屋が隣りにある。ここは店だけでなく、ずっと裏手まで敷地があるらしい。もちろん大店《おおだな》は、この刻限には店を閉じている。なまじ大きいだけに、佇《たたず》まいはひっそりしすぎているくらいである。

路地を挟んだ向こうは、長屋になっている。

あたりに樹木はほとんどない。植栽も植木もない。コウモリならともかく、ここらは鳥にとってそれほど快適な場所ではないように思える。

「見たのは何刻《なんどき》くらいでした？」

「もうちょっとあとでしたかね」

いまはまだ酉《とり》の下刻（午後七時ごろ）くらいか。戌《いぬ》の刻（午後八時）くらいに飛んだらしい。

二人でしばらくぼんやり突っ立っていると、

「あんた、先生に夜食のうどんでも食べてもらいな」

勘太の母親が、お盆にのせたうどんを持ってこようとした。

「おう。おめえ、すうどんてえのもそっけねえな。海苔《のり》があったろ、海苔が。あれを、花巻みてえによ」

そう言いながら、父親が向こうの台所のほうにもどったとき――。

ちゅう、ちゅう、ちゅう、ちゅう。

と、声がした。慌てて路地から顔を出し、開かずの間の横の窓のあたりを見た。

ほんとにいた。

ただ、スズメの鳴き声ではなかった。ちゅうちゅうと、ちゅんちゅんとでは、やっぱりスシと天ぷらほどに違う。

それは、彦馬の目にはネズミに見えた。たっぷり肥《ふと》ったネズミが翼もないのに、夜分に空を飛んでいた。役者が足りないので、犬に芝居をさせているような、見たことのない奇妙な光景だった。

四

「ほう、ネズミが空をな」

と、静山が目を瞠《みは》った。

西海屋の奥にある茶室である。彦馬が来る前に商いの話をしていたらしく、そろばんがかたわらに置いてあった。茶室でそろばんなど、謹厳な茶人なら怒るだろうが、静山はそういうことは気にしない。来る早々に「何か面白い話はないか?」と訊かれ、開かずの間の話をしたのである。

「はい。まぎれもなくネズミでした」

「修行でもしたかな」

「ネズミもそこまで行けばたいしたものですが、あとで思うに、飛んでるというよりは釣り上げられているといったようすでした」

「それで、開かずの間と、ネズミが空を飛んだのとは関わりはあるのか?」

「もちろん、あります」

彦馬は自信たっぷりでうなずいた。

「開かずの間の話は、甲子夜話にもありましたね」

と、千右衛門《せんえもん》が言った。

「うむ。だが、あれは開かずの間の裏をあばくような話だぞ」

静山は苦笑いをした。


それはこのような話である……。

大坂城には開かずの間がある。場所は大きな廊下の側で、大坂夏の陣の落城のときから閉まったままになっていて、一度も開いたことがないといわれている。もしも戸に破損箇所があったりしたときは、板で補い開かないようにしてきた。

ここは落城のときに婦女たちが自害したところだった。そのためか、いまだに霊が棲《す》んでいて、この部屋に入ろうとするものがいると妙な災いが降りかかる。また、その部屋の廊下の前で寝てしまっても、怪異に見舞われるという。

能楽師の観世新九郎《かんぜしんくろう》の弟宗三郎《そうざぶろう》が、御城代稲葉丹州《いなばたんしゅう》に従って大坂城に行ったある日、宴席で記憶をなくし、その廊下で寝てしまった。

翌日、丹州が昨夜変なことはなかったかと問うた。

「寝てしまったが、とくにおかしなことはなかったのか？」

「はい。単に寝入ってしまっただけのようです」

「それはよかったのう」

丹州は、この廊下で寝るとおこる怪異について語った。身体中にあざができてい た者。三日ほど猫のように鳴きつづけた者。翌日から足をひきずるようになった者 ……。いまごろは命を失っていても不思議ではなかった。

「おそらくそれは、宗三郎がそのことを知らなかったので霊も許したのであろう」

と言われ、宗三郎は戦慄《せんりつ》して居ても立ってもいられなくなった。

「また、宗三郎が言うには、よく晴れた日にその部屋を戸の隙間から覗《のぞ》いて見ると、蚊帳《かや》が半分外れて、中の様子がかすかに見て取れた。半挿《はんぞう》(水差し)のようなものと、散らかっている器がいくつか見えた。しかし、長いあいだ閉じたままのところなので、状況を想像した程度だった。

それから月日は経って、御城代の某《なにがし》が、意向と権力で無理やりその戸をあけさせたことがあった。ところが、戸を開けた男がたちまち狂ってしまったのでつづけるのは止めさせたという。

こうした大坂城に伝わるいくつかの奇譚をわたし(静山)が畏《い》友《ゆう》林述斎に話すと、

「戦が終わったあと、城は改築されていましてな。家屋類はすべて戦のあとにつくられたものなのです」

「世に出回っている作り話には真実めいたものも多いが、代々その城に居る人たちも、意味もなく道理のわからぬ田舎者の話を信じて今まで伝えてしまったのでしょう。それはむしろ気の毒と言えるくらいですな」

と、述斎は大笑いして言ったものである。


「というとは……」


「そんなものだぞ。開かずの間の伝説のたぐいは」

と、静山は言った。

「はい。わたしもそう思います」

彦馬もうなずいた。

「ほほう。では、雙星は見当がついたのだな」

静山はにやりとした。

「おおよそは。家主は隣りの〈蛇の目屋〉と言って、その名のとおり、蛇の目傘が人気の老舗《しにせ》の傘屋です」

「蛇の目屋？　西海屋からちょっと向こうに行ったところの？」

静山の表情をかげりのようなものが走った。

逆に、千右衛門の目に悪戯《いたずら》っぽい輝きがやどった。

「ご存じでしたか?」

「名前だけはな」

「そこに真相が隠されているはずです。もし、わたしの想像が当たっていたら、いささか突飛な話になります。たしかめようがありません」

彦馬がそう言うと、西海屋千右衛門がわきから彦馬の肩を叩《たた》き、

「大丈夫だ、雙星。蛇の目屋のあるじは友だちだよ。金の出し入れには渋いが、ほかはざっくばらんな男さ。わたしが頼めば、なんでもしゃべってくれるよ」

と、言った。

五

数日後――。

彦馬は千右衛門につれられ、近くの料亭に入った。そこで蛇の目屋のあるじが待っているという。

「蛇の目屋を訪ねてもいいのだが、ちょっと話しにくいことがあってな」

「そうだろうな」

彦馬もそこらは見当がついている。

不思議なのはこうした話だと何としても首を突っ込みたがる静山が、「わかったら、あとで教えてくれ」とだけ言って、いっしょに来ようとはしないことだった。

「うん、御前にはちと来にくいことがな」

と、千右衛門は笑った。

料亭は近所だから選んだだけで、堅苦しいところではないという。たしかにこぶりで飲み屋の別室という感じの部屋だった。

「わざわざすみませんね」

千右衛門が言うと、

「なあに、あたしもちょっと息抜きをしたかったから」

と、蛇の目屋は笑った。

歳は三十二、三といったところか、船乗りにしたいくらいの男っぽい顔立ちである。ただ、船乗りにはまず見かけないようなおしゃれで、紺色の羽織に入れられた蛇の目の紋がなんとも粋に見える。

蛇の目とは、細身の和傘をさして言ったりもするが、本来は唐傘《からかさ》の模様からきている。二重丸になっていて、中心と周辺は、黒や紺、赤などに塗られ、真ん中が白い。つまり、ヘビの目に模したことからこの名がついた。

もちろん蛇の目屋の傘もこれを売るところから始まったが、先代が二重丸を渦巻き模様にし、〈目まい蛇の目〉と名づけて売り出したところが、飛ぶように売れ、単に古いだけの店からいっきに大店《おおだな》へとのし上がったのだそうである。

一時期、神田《かんだ》周辺では蛇の目がくるくる回るので、雨が降ると目まいがするとまで言われたほどだった。

当代は先代ほど斬新《ざんしん》なところはないが、商売は堅く、間口《まぐち》二間分は財産を増やしたとも言われている。

「雙星。わたしのほうから説明できるところはしておこう。この旦那《だんな》が、先年、吉原の絶世の美女、子乃絵《ねのえ》さんを後妻にもらったのさ」

と、千右衛門が言った。

「絶世とは言いすぎですが」

蛇の目屋は照れた。

「いえいえ」

「ま、なんとかかつての太夫《たゆう》くらいにはなれましたかどうか」

吉原で最高の花魁《おいらん》を太夫と呼んだ。だが、この時代にはすでに太夫という格は事実上、消滅していた。

「もちろん、なりましたとも。蛇の目太夫なんて呼ばれたりして」

「蛇の目太夫ね」

と、蛇の目屋もまんざらでもなさそうである。

「その子乃絵さんを蛇の目屋さんと張り合ったのが、伊吉《いきち》さまこと、うちの御前だった」

「ああ……」

と、彦馬はつい声を洩《も》らした。静山の顔を走ったものの正体に、やっと納得がいったのだった。

「大名と商人。これが西海屋さんほどの豪商ともなればまた話は違うでしょうが、あたしのところは西海屋の年商のせいぜい十分の一。子乃絵は静山公になびくだろうと、覚悟はしていました。ところが、子乃絵はあたしの世話になりたいと。それは伊吉さまのお世話になれば一生、楽ができるでしょうが、あたしという女が少しでもお役に立って、お店の繁盛のため尽くすことができれば、そのほうがずっと喜びもあるでしょうと、そう言ってくれましてね」

「そうでしたか」

彦馬の胸が熱くなった。吉原きっての美女といったら、どうしてもわがままな女を想像してしまうが、子乃絵さんという人は、自分が役に立てる喜びというのを、ちゃんとわかっている人だったらしい。

「さて、ここからが肝心な話です。蛇の目屋さん、この、わたしの昔からの親友である雙星彦馬は、こんな推測をしたというんです」

と、千右衛門は言った。

「はい。わたしは、蛇の目屋さんではひそかに、大きなヘビを飼っているのではないかと思ったのです。稼業の繁盛を支える蛇の目。そうした縁から、ヘビが神さまのような存在になったのではないかと。もともと、ヘビや白ヘビは、商人たちから大事にされてきましたからね」

彦馬がそう言うと、

「ほう」

と、蛇の目屋は目を瞠《みは》った。

「ところが、そのヘビを嫌う人が、今度、蛇の目屋に入ることになった。ヘビを飼っているのを内緒にしなければならない。そのためには、餌であるネズミを育てるのも、どこかほかでやらなければならない。あの開かずの間は、元の蔵のところにつくったネズミの養殖場みたいなものなのではないか……そんなふうに考えたのです」

「それで？」

「夜、ネズミが宙を飛ぶところを目撃しました。あれは、夜分に隣りから釣竿《つりざお》を伸ばし、養殖場にいるネズミを釣り上げ、ヘビに与えていたのでしょう」

「それをすべて、想像で解かれた？」

「ええ。でも、手がかりはいくつもありましたよ。蛇の目屋さんの屋号、あの蔵のところに多いというヘビ、そして宙を飛んだネズミ。これらを結びつけていっただけです」

と、彦馬は言った。

「いやあ、驚いた。そこまで推測できてしまうなんて、信じられないな。いくらか、想像が行き届いていないところがあるが、それは仕方がない。内部にいなければわからないことですから。だが、ほぼ完璧《かんぺき》に推測しています」

「行き届かなかったところは？」

「ヘビを嫌うところです。子乃絵は、ヘビが嫌いなのではなかった。むしろ、屋号にちなんで大ヘビを大切にしていることも理解してくれました」

「では……」

あんなことをする必要はなかったのではないか。

「いえ、子乃絵はこう言ったのです。……ヘビは直接、触ったりしなければ、なんとか我慢できます。ただ、ヘビというのは、生きたネズミを餌にするそうじゃないですか。あたしは、子《ね》年生まれですし、吉原での名前も子乃絵と名乗ってきました。だから、ネズミが食べられるというのが嫌なんです。同じ屋根の下で、ネズミがへビに食べられていると思うと、それだけで卒倒しそうになります――とね」

「なるほど」

「それを聞いて、あたしは思わず、大丈夫だ、うちのヘビは、ネズミを食わないから、と、言ってしまったんです」

と、蛇の目屋は苦笑いしながら言った。

「ネズミを食わない？」

「そう。うちのは飯を食うんだ、白米を、と言ってしまいました。もちろん、ヘビが白米なんざ食うわけがない。ネズミだのカエルだのを与えないと、死んでしまいます。でも、子乃絵は、それを信じ、嫁に来たというわけです」

「そうでしたか」

つい、ヘビがご飯をおかわりする姿を思い浮かべ、こみ上げる笑いを押し殺した。

「だが、ネズミを持ち込んだりしたら、あたしに絶望するでしょう。そんな思いはさせたくなかった。そこで、無い智慧《ちえ》をしぼり、隣りの蔵を改装して、ネズミを育てる牧場のようなものをつくった。ヘビのいる部屋から、夜分に釣竿を差し出し、窓からネズミを釣り上げて、ヘビに与えれば、ネズミを食べさせていることも知られずにすんだ。現に、いまも子乃絵はそのことを知りません」

「でも、わざわざ開かずの間になんかしなくても」

それがあらたに浮かんだ謎だった。

「別に店子《たなこ》には知られたっていいんです。その分、べらぼうに家賃を安くしていますから。でも、こういう話はいったん知られると、かならず回り回って子乃絵のところにも入ってきたりします。そのために、あそこは開かずの間にして、秘密を守ったほうがいいだろうと考えたのです」

そうかもしれない。勘太の一家にも、本当のことは言わず、蛇の目屋の神さまが祀《まつ》られてあるくらいにしておけばいいだろう。

「そういうことでしたか」

もう謎はない。すべて明らかになったいま、思い至るのは、子乃絵の幸せだった。

「そこまでされて、子乃絵さんも幸せでしょう」

と、彦馬は言った。

「なあに、商売が思ったよりも大変なので、近ごろはやつれてましてね。後悔してるのかもしれません。静山公のお世話になればよかったって」

蛇の目屋はちょっと寂しげな顔をした。

「そんなこと、あるもんか。だいたい、御前は子乃絵さんにはきっぱりふられちまったといつもおっしゃってるよ」

千右衛門がそう言うと、

「そうなのか、静山公がそんなことを」

蛇の目屋はほっとしたような顔をしたのだった。


ところで、これはもう少し経ってからのことだが——。

彦馬は松浦静山と子乃絵のすれ違いを目撃したことがあった。

急な夕立だった。西海屋の用が済んだ彦馬は、あまりの雨脚の凄《すご》さに軒下に立ちつくしていた。

そこへ、神田明神《みょうじん》のほうから頭に手ぬぐいをかけ、うつむいて顔が雨に当たるのを防ぐようにした武士がやって来た。

——おや？

静山だった。雨に叩かれても、どこか粋な感じは失わない。声をかけようとしたとき、先に両国橋《りょうごくばし》のほうから来た女が声をかけた。女は傘を差していて、わきにはやはり傘を差した小女《こおんな》もいた。

「まあ、こんなにひどい雨の中を。うちはすぐそこの傘屋です。よかったらお持ちになって、またのちに戻していただければ」

と、静山に自分の傘を差し出した。

静山は手ぬぐいをわけるようにして、

「なあに、これくらいの雨なんざ……おう」

「まあ、伊吉さま」

「子乃絵。あんただったかい」

情愛のこもった言い方だった。

「お久しぶりですね」

子乃絵の声にも懐かしさだけではない喜びが感じられた。

「それじゃあ、借りていこうか。返しに来るのは屋敷の中間《ちゅうげん》になってしまうが」

「かまいませんとも。さ、どうぞ」

静山はそれを差した。なんとも小粋な紫色の蛇の目である。

「おっと目まいが」

静山がよろめいた。

「それは目まい蛇の目じゃありませんよ」

と、子乃絵が笑った。

「なあに、あんたがいつまで経ってもきれいだからさ」

静山は熱っぽい目をして言った。

「うふふ。あいかわらずですこと」

彦馬の目には、子乃絵は少しやつれているように見えたのだが、このときばかりはぱっと、雨の中に花が咲いたように見えた。

「子乃絵」

「はい」

「苦労が幸せに思える人生がいちばんだな。それに勝てる人生はないぞ」

「まあ」

「わしのところに来ていたら、そんな幸せは味わえなかった」

「あたしもそう思います」

と、子乃絵は穏やかな笑みを浮かべて言った。

「うむ。子乃絵はやはり賢い」

「伊吉さま。末永く、お達者で」

祈るような表情だった。

「おう。あんたもな」

静山はいつになく真面目な顔でうなずくと、西海屋には用事はなかったのか、そのまま両国橋のほうへと去って行った。

「さ、帰りますよ」

子乃絵もそう長くは見送らず、小女をうながして蛇の目屋のほうに帰って行く。

彦馬は何だか、夕立のあいだに演じられた芝居の一幕を見せられたような気がしたものだった。

話はまた前後するのだが――。

本所の下屋敷を抜けた織江は数日遅れて、雅江と相談しておいた隠れ場所に向かうことになっていた。

隠れ場所の安全も確かめなければならない。くノ一の逃亡は容易なことではない。それまでは江戸市中を転々として過ごす。

今宵は夜になってから、この妻恋稲荷《つまごいいなり》の境内に入った。神社の建物や木々のあいだから、彦馬の住む長屋の一角が見えていた。

明かりはさっき消えた。明日もまた、手習いで早いのだろう。

――ここまで急ぐ必要があったのかしら。

と、織江はこの数日、思っていた。なんだか母に騙《だま》されたような気もする。

「いまのあたしになりたいかい？」

母はそう言った。なりたくないと思った。それは、衰えて輝きを失いつつある雅江だから思うのではなかった。子どものころから思ってきたことだった。あんな人生は歩みたくないと。

「平戸の亭主といっしょになっても後悔することはあるかもしれない。でも、やったことを後悔するより、やらなかったことを後悔するほうが切なかったりするのさ」

そうかもしれない。

でも、怖い。それが正直な気持ちである。ほんとに逃げ切れるのか。いまならまだ間に合う。言い訳はどうにでもつく。急病で屋敷の庭で倒れていた、あるいは怪しい密偵を追って、甲府まで行ってきた……くノ一の仕事はさまざまである。

この一、二年、仕事は曲がり角に来ていた。それまで疑問も持たずにやってきた仕事がつらく感じられるようになっていた。そんなとき、平戸で彦馬の嫁になったのだった。

――もう、彦馬さんに打ち明けてしまおうか。わたしはくノ一よって。

打ち明けるだけでも、胸のつかえはずいぶん楽になるような気がする。だが、それでどうなる？　彦馬を無意味に悩ませるだけではないのか。

打ち明けずに顔だけ見せるってのは駄目か？　何も訊《き》かないでって。そういうわけにいくか？

「ああ、もう、どうしたらいいの！」

思わず声に出した。夜の中を、熱い鉄を叩いたときの火花のように、怒りをふくんだ声が走った。

「どうしたらいいってよ」

と、男の濁声《だみごえ》がした。

「え？」

向こうで男たちが三人、足を止めて、こっちを見ていた。いまの声を聞かれてしまったらしい。

「おれたちと遊べばいいんじゃねえの？」

にたにた笑いながら寄ってきた。手にとっくりをぶらさげている。飲み屋でひっかけて、さらにこれから長屋に帰ってまた飲もうというつもりなのだろう。

「よう、遊ぼうぜ」

「いい気持ちにさせてやるから」

「ちっとくらいなら、金もやるぜ」

男たちは口々に言った。

織江の頭の中で、留めていた口金《くちがね》がはずれたような音がした。ふだんはけっして怒りっぽくはないが、溜まりに溜まっていたものがあったらしい。

「ばあか。そろいもそろって、女にはもてそうもないやつばっかりだ。もてないなら、自分を磨け。女が興味を持つような、面白い人間になってみろ」

と、織江は男たちをののしった。彦馬さんだって二十数年間、一度だってもてたことなんてなかった。でも、こつこつと自分の好きなことに励み、めげたりもせず、けっこう面白い人間になったんだ。

「お前らも見習え」

とも言った。怒りで頭が白くなり、こういうときはちぐはぐなことを口走ったりする。いきなり彦馬のことなど持ち出してもわかるわけがない。

「は？　何わめいてるんだ、このあま」

「いいから、やっちまえ」

「ぴちぴちしてうまそうだ」

手を摑《つか》まれ、林の奥に引っ張りこまれる。織江はまるで怖がっていない。

「あんたら、こういうこと、しょっちゅうしてんだろ」

「しょっちゅうってほどじゃねえ。せいぜい月に三度くらい」

一人がそう言うと、ほかの二人も嬉《うれ》しそうに笑った。

この前、平戸藩の下屋敷で下男に襲われたときは、ぶちのめしていいかどうか判断がつかなかった。

こいつらは大丈夫だ。遠慮はいらない。鍛え上げたくノ一の全身で、熱い血がたぎりだすのが自分でもわかった。

——よし、憂さ晴らしでもするか。

先頭の男がいきなり着物の前をまくった。

「せっかちね」

「いい女が相手だとな。お前も好きだろ？」

「答えはこうだよ」

汚いふんどしに織江はいきなり蹴《け》りを入れた。

「うんぎゅう」

一発で崩れ落ち、地べたをのたうち回った。これくらいじゃ許さない。こいつら、いままでもどれだけ女にひどいふるまいをしてきたことか。恐ろしくて、二度と女に悪さなんかできないようにしてやる。

まずは、声を上げられなくする。

織江は宙に飛び、あと二人の喉元《のどもと》につづけざまに足蹴りを叩《たた》きこんだ。夜の闇に一瞬、白い足が見えたが、男たちはその艶っぽさを味わう余裕はない。

「うっ、うっ、うっ」

喉がつまり、声が出ない。

「お前ら、女を舐《な》めるなよ」

這《は》って逃げようとしている最初の男の尻《しり》を横から蹴った。尾てい骨のあたりでぐきっと音がする。腰が砕けて、這う格好はますます情けなくなる。

「月に三度もこういう悪さをするんだってな。つぶすしかないか」

「つぶす……お助けを」

「助けろ？　女たちもそう言って頼んだだろ。助けたか、それで？」

声が出なくなった二人も、後ろから股《また》を蹴り上げる。一人などは気持ちいいほどきれいに炸裂《さくれつ》して、中から何かが飛び出すのではないかと思ったくらいだった。

「お助け、お助け」

三匹のイモムシのようになって、泣きながら境内から這い出ていく。

「わしは天狗《てんぐ》じゃ」

と、織江は後ろから言った。

「ひっ」

「今度、女に対してこんなふざけた真似をしたら、素っ裸にして日本橋の欄干にぶらさげるからな」

「ひいいいっ」

三人は腰を抜かしたまま、ぞろぞろと坂道を下って行った。

「ちぇっ、歯ごたえのないやつらね」

けがれでも払うように、ぱんぱんと手を叩いた。

期待したほどすっきりしない。

「みゃお」

猫の鳴き声がした。

三毛猫が近くに来て、織江を見上げていた。この前も彦馬の長屋のあたりで見かけた。三毛にしては男っぽい顔をしている。

「あれ、あんた、オス？」

突起がある。オスだった。三毛猫のオスはめずらしい。船乗りが縁起物として探すくらいだと聞いたことがある。ここらは高台で船乗りなどいないから、こうして無事でいられるのだろう。

もしかしたら彦馬の飼い猫かもしれない。

——ん？

地面にとっくりが転がっていた。あいつらが置き忘れていったのだ。木の栓を抜いて匂いを嗅《か》ぐと、なかなかよさそうな酒である。

織江は一度、口をつけてあおり、

「いっしょに飲むかい？」

と、猫に訊いた。

「にゃご」

返事をした。

手に取り、猫に差し出してやる。猫はぴちゃぴちゃと舐め、いったん首をかしげるようにしたが、また舐め始めた。

「いける口か？」

「みゃあおう」

そうらしい。

猫と酒盛りを始めた。夜の神社で、女と猫の酒盛り。つまみは月明かりと星明かり。話題もそう多くはない。だが、旧友との再会のように、気のおけない酒盛りである。傍《はた》からこんな光景を見たら、さぞかし滑稽《こっけい》だろう。

ようやく、すこしだけ憂さが晴れた。

すると、涙が出てきた。涙の理由はうまく説明できない。運命が大きく変わるとき、人は次の力を出すために涙を流すのかもしれない。

ぐるるる……。

本殿の裏のほうから犬までやって来た。

「なんだい、お前も飲みたいってかい？」

これにキツネでも入れて家来にしたら、だらしない桃太郎くらいにはなれるかもしれない。

それにしてもこの犬、見たことがある。

寄ってきて尻尾《しっぽ》を振っている。

「え……」

さらに近づいてきて、織江の尻のあたりの匂いをしきりに嗅いだ。おなじみのしぐさである。

「嘘でしょ」

本所の下屋敷から消えていた赤犬のマツだった。

第二話　猫のような馬

一

八丁堀《はっちょうぼり》の同心、原田《はらだ》朔之助《さくのすけ》の顔色がいい。井戸水で冷やしておいたナスの皮のように輝いている。機嫌もいい。へらず口に加えて、余計な身ぶり手ぶりまで多い。

理由はかんたん、ご新造のおのぶさんが実家から帰ってきたからである。

ご新造のほうも別れようというつもりではなかったから、帰ってくるのは当然だが、原田の浮かれようはちょっとどうかと思われる。

のろけること、うんざりするほどである。

「足首だと？」

と、彦馬は原田の顔を見た。

「そう。あいつは足首のかたちがきれいなんだよ。足首のかたちなんて、意外に目がいかねえだろ？」

「ああ。もしかして、あるってことさえ忘れていたかもしれない」

「ところが、足首ってのはよく見ると、きれいなものなんだよなあ。ただし、どの女の足首もきれいかというと、そうでもねえ。きゅっと締まってなくちゃならねえ。よけいなたるみなんかあったら台無しだ。やっぱりおのぶほどの足首にはなかなかお目にかかれねえなあ」

大真面目で言っている。

「……」

彦馬は何と言っていいかわからない。

神田の佐久間河岸にある平戸藩御用達の海産物問屋〈西海屋〉の店先である。すでに夕闇が降りてきていて、流行らない店などはとうに店じまいを終えているというのに、ここはまだごった返している。「蝦夷《えぞ》のこんぶ」と大きな垂れ幕が出ている。味がいいと評判の蝦夷のこんぶが大量に入荷したらしい。

千右衛門はあいかわらず帳簿片手に荷物の出入りをたしかめているので、彦馬が話し相手になっている。

「雙星。それとな、指の骨というのがな……」

「指の骨？」

「細くて真っすぐなんだよ」

「はあ」

ご新造には、きれいなものが目白押しらしい。そういえば、以前は声がいいのだとほめていた。

――こりゃ、たまらんな。

辟易《へきえき》してきた。

市中見回りの途中に寄ったはずなのに、原田は床の間の置き物よろしく座り込んで動こうとしない。茶を出してもらい、甘いものは断わったあげくに、入荷したばかりのこんぶを細く切ってもらって、それをしゃぶりながら話しつづけている。こんなところで油を売っているとまずいだろうと言っても、何かあればここも探すだろうと、平気な顔である。

――何とか話題を逸《そ》らせないものか。

だが、いまはもどってきたご新造のことで頭がいっぱいだから、ほかの話題が入り込むのは不可能だろう。

「原田さま。こちらでしたか。大変です」

幸い、小者が何か知らせに来た。

「おいらじゃないと駄目なのか。ほかにも誰か回ってるだろ」

「でも、原田さまの担当区域で起きたことですから」

神田一帯から湯島《ゆしま》、本郷あたりが原田の担当になっている。本来はこれに駒込《こまごめ》と小石川《こいしかわ》が入るらしいが、見習いみたいなもんだからと、頼んで削ってもらったらしい。ふつう同心はできるだけ担当を広くしてもらいたがる。そのほうがいろいろと実入りも増えるからである。だが、原田は逆で同僚に取り分を譲ったようなものである。このため、奉行所内では、「奇特なやつ」と評判になったらしい。

「ちっ、何でえ」

「殺しです」

「こ、殺し……」

さすがに原田の顔が一変する。

「若い男が刃物で腹をぶすりと」

「場所は？」

「加賀《かが》さまのわきです。本郷四丁目」

彦馬が手習いを教えている法深寺の近くである。

「まったく、もう」

原田は文句を言いながらも、駆けつけて行った。

翌日――。

法深寺の手習いが昼休みになったころ、原田が顔を出した。朝、ここへ来るときも四丁目のところで見かけたが、声はかけなかった。また、ご新造のことなど思い出されたらたまらない。

「よう。どうだ、殺しは？　すぐに解決できそうか？」

習字用の墨を摩《す》りながら、彦馬は訊《き》いた。

「小者は殺しと言ったんだがな……」

「違うのか？」

「いや、そのときはまだ死んでおらず、おいらが駆けつけたときは虫の息だが、まだ生きていたのさ」

「ほう」

腹に刃物が刺さったままになっていたのだという。

抜いてやりたいが、逆にそれが出血をひどくするときもある。医者が来てからにしたほうがいい——原田は咄嗟《とっさ》にそう判断し、

「おい、しっかりしろ。誰にやられた？」

抱えたりせず、顔を近づけて訊いた。

「足のような顔をした男……」

それが最期の言葉だった。がくりと首が落ちた。

「足のような顔？」

墨を摩る手を止めて、彦馬は訊き返した。

「そう……まるで、猫のような馬の事件みてえだろ」

「あれ、原田、読んだのか？」

「当たり前だろ」

と、原田は自慢げに言った。


猫のような馬とは、『甲子夜話』に出てくるこんな話である……。

筧筑前守《かけいちくぜんのかみ》という人はじつに面白い人である。ある日、友人と同席していたときに、

「飼っていた馬を失ってしまい欲しいのだが、猫のような馬はいないだろうか」

と訊かれた。筑前守が、

「それはちょうどいい。自分のところにも猫のような馬がおりますぞ」

と答えると、友人は非常にその馬を欲しがった。そこで、明朝つれて行く約束をした。

翌日、その友人は届けられた馬を連れて馬場に行き、「猫のような馬」という言葉を信じて何も考えずに馬に飛び乗った。

するとどうだろう。馬はいきなり凄《すご》い勢いで走り出し、そこらを縦横に駆け回り、

土手を越えて木に突き当たった。口取りのものが必死で馬を取り押さえて、ようやく落馬を免れることができた。

予想外のことにその友人は早々に馬を返し、後日、筑前守にその旨を伝えた。

「筑前守どの。猫のようにおとなしいなんてまるっきりの嘘ではござらぬか」

すると筑前守は、

「猫がおとなしいわけあるまいよ。暴れん坊だから猫のようだといったのさ。猫はいつも駆け回り、柱にすがりついたり、塀を飛び越えて屋根にも登ったりするものだろうよ。あの馬はよく猫ににているが、屋根に登らなくてよかったのう」

と言った。

「何てことだ。わしは猫のように日向ぼっこするようなのんびりした馬を想像してしまった」

その友人は自分の勘違いに大いに驚き、最後は大笑いしたのだった。

「お前たちと話が合わなくなるとまずいんでな、最近は一生懸命に読んでいるのよ。その猫のような馬の話はちょうど、昨夜、読んだところにあったんだ」

「なるほど」

「だが、雙星、足のようなというと、何を思い浮かべる？」

と、原田は訊いた。

原田が担当した事件の謎を、彦馬は何度か解いてやった。それからはずいぶんと当てにされているらしい。このあいだは、「手習いの先生なんかやめて、おいらの手助けをしろ」などと言っていた。給金は、法深寺の倍は出してくれるらしい。

原田のやる気のない態度を見ながら、事件が起きるたびに解決してやるなんてことは、江戸っ子ふうに言えばまっぴらご免である。鼻で笑って、お断わりした。

「きれいなものではないだろうな？」

「手ならまだしも足だからな」

「とくに、原田の場合は臭そうだから」

「おい、雙星」

「失礼……皮が厚い。そうか、ツラの皮が足ほどに厚いやつなんだ」

と、彦馬は言った。

「あ、そうか」

原田は手を叩《たた》いた。単純である。

「冗談だぞ、原田。ツラの皮が厚いなんていうのは喩《たと》えの話で、ほんとにツラの皮が厚いわけじゃない」

「なんだ、冗談か。そうか、ツラの皮が厚いと想像してしまうのは、猫のようなと言われておとなしい馬を想像する誤解のようなものか。だから、足のようなという言葉には、別の意味がある……」

と、原田は考え、

「じゃあ、やっぱり、これしかない。おいらも昨夜ずっと考えて、いちおうこうだろうとは思っていたんだが」

自信たっぷりに言った。

「どんな顔だ？」

「だから、まさに足のかたちをしているのさ。頭のあたりはきっと足の指が並んだみたいに、でこぼこしてる。そして、顔のかたちが三日月までは尖《とが》っていないが、長くてぐうっと曲がっているのさ」

手振りまで入れて言った。

「へえ」

「そういう顔のやつを見かけたら知らせてくれ。下手人はおそらくこのあたりにいる」

原田はそう言って、殺しの現場にもどって行った。

彦馬は知らせる気などない。なぜなら、そんな顔のやつ、いるわけがない。

二

雅江は桜田御用屋敷で、何食わぬ顔で暮らしている。

この数日は外には行かず、家の中で趣味にいそしんでいた。木片を削り、小さな人形をつくって、色づけをする。根付《ねつけ》と間違われることがあるが、根付ではない。ただの人形である。

一寸ほどの小さなものだが、それは芸者だったり、生きものだったり、かたちはさまざまである。

こんなものでもつくっていると楽しい。我を忘れて熱中する。闇にひそみ、手裏剣を飛ばす自分より、本当の自分はこっちのような気もしてくる。幼いときに亡くなった母も、細かい仕事が好きだったと聞いたことがあった。

最近、過去がふっとよみがえることがある。

雅江の家は代々、桜田御用屋敷に仕えてきたわけではない。父は忍びとは関係ない人だった。仕事が長つづきせず、たまたま知り合ったのがこの屋敷の人だった。行商をしながら、いろいろ調べて回るという仕事が、自分に合っていると思い込んだらしい。死ぬまでの十年はここで真面目に働いた。

雅江は四つのときにここに入ったらしい。そのころのことは覚えていない。ただ、のちに二人とも天守閣のくノ一と呼ばれて忍びの技を競い合った浜路《はまじ》とはすでに遊んでいて、何度か叩いたり、苛《いじ》めたりした記憶はある。ずっとここで両親と育ってきた浜路を憎らしく思ったのかもしれない。

かわいい猫ができた。茶色の絵の具を溶いたので、三毛猫にでもしようか。これは織江にあげることにしよう。

そこへ、外から声がかかった。

「犬がいるじゃねえか？」

下忍《げにん》の耳助《みみすけ》だった。もう七十はいっているはずだが、元気である。下忍頭のひとりでもある。得意の耳もまだ衰えてはいない。耳助は、一町先で火打ち石を叩いた音を聞き取ったことがあるらしい。それで桜田御用屋敷への火付けを防ぎ、大きな手柄になった。

「ああ、かわいい犬だろ？」

玄関の土間に赤い犬が伏せている。

「どうしたい、その犬？」

「町で会ったらついてきちまったんだよ」

「雅江さんに惚《ほ》れたんだ」

「最近は犬ぐらいにしかもてないからね」

桜田御用屋敷には、犬が何匹もいる。番犬としても役に立つし、最近はあまりしなくなったが、忍者犬として訓練される犬もいた。

だから、一匹くらい増えても、まるで目立たない。

預かっていてくれと、織江に頼まれたのだった。平戸藩の下屋敷で、元藩主の松浦静山に飼われていた犬だという。江戸の町で行方不明になり、さまよっていたのがたまたま見つかったらしい。

「なぜか、わたしになついて、危ないところを助けてくれるの」

織江はそう言った。

「そりゃあ匂いのせいだね」

「わたしの匂いって、犬が好きな匂いなのかな」

織江の言葉に、雅江はそっと笑った。織江には知らないことがある。

犬の名はマツというらしい。賢い犬である。無駄吠《ぼ》えはしない。だが、犬同士ではこの犬は相当な迫力を感じさせるらしい。

賢いと評判のここの頭領格の犬が、このマツとそこで出会ったとき、頭領のほうが尻尾《しっぽ》を巻いて引き下がった。

マツはいま、地べたに伏せ、耳をぴんと立てながら、目はつむっていた。何かの音に耳を澄ましているのだ。横になっていても緊張はみなぎっている。雅江は、昔、自分もこんなふうにして、お城の闇の中にひそんだような気がした。

手習いの時間が終わり、雙星彦馬が外に出て子どもたちを見送っていると、向こうから同心の原田がやって来るのが見えた。

原田とは朝も会って話をしている。

「殺された男の身元がやっとわかったぜ」

と、原田は手習いに向かう途中の彦馬に声をかけてきたものである。だが、そんなことをこんな天下の往来で言っていいものかと、いつもひやひやしてしまうのだ。

「何者だったんだ?」

「明神下の御台所町《おだいどころ》に住む若い下駄職人だった。名前は幾助《いくすけ》と言った」

「明神下か」

では、賭場から家に向かう途中で殺されたわけだ。

「下駄を毎日、嫌になるほど見ていただろうから、足と言っても、下駄つながりの足かもしれねえな」

「どういうことだ?」

「眉《まゆ》が鼻緒みてえに、下がって見えたとか」

鼻緒のように下がった眉などあるのだろうか。

「どうかなあ。それより、幾助という男は何で殺されたかを探ったほうが、下手人に近づくんじゃねえのか？」

と、彦馬は言った。

「ああ、そっちはなんとなく見えてきたから安心しな」

原田は落ち着いた口調で言った。

「何だ？」

「幾助は、たまたま大金を持っていたんだ。加賀さまの近くの賭場《とば》に出入りしていて、昨日は当たりに当たった。ざっと七、八両ほどは儲《もう》かったらしい」

と、原田は言った。

「じゃあ、賭場にいた者かな？」

「ところが、いくら聞き込んでも足のような顔をしたなんてやつはいねえ。そこの賭場はしゃらくさいほどに上品な賭場で、すっきりしたいい男が多いんだそうだ。どうせ、大名や旗本屋敷の中間《ちゅうげん》どもなんだが、あとをつけて強盗をしでかすような乱暴者は見当たらなかったらしい」

「賭場で見られたとは限らないさ。たとえば、帰る途中に買い物をするところを見られたり、あるいは巾着《きんちゃく》を地面に落としたところを見られたってこともある。七、八両も入っていたら、細かい銀貨や銅銭がほとんどだったろうから、相当なふくらみになっていただろうよ」

「なるほど。だが、それだと手がかりはますます少なくなるなあ」

と、今朝はそんなやりとりがあったのだった。

だが、向こうから来る原田の自慢げな顔を見ると、事情は違ってきたらしい。

「雙星、ちっと来てくれ」

「どうした?」

面倒だが、意外な事実が判明したのかも知れない。

「なあに、すぐ近くだ」

原田のあとをついて、本郷五丁目の横道に入った。ゆるい坂道になっている。

「あそこのところだ。男が座っているだろう」

「ああ」

「あいつの顔を見てくれ」

原田が指差した男は、ふんどし一丁にはんてんを羽織り、湯屋の裏手に腰を下ろし、煙草を吹かしていた。四十前後といったあたりか。

「……」

最初、目がぼやけたのかと思ったが、そんなことはない。

「足に見えねえか、あいつの顔？」

「見えるな」

本当に足のような顔をした男がいた。

なるほど、こういう顔の人もいるのだと呆《あき》れた。

どう見ても、顔ではなく、足だった。縮れっ毛を無理に結ったらしく、髷は指が並んだようにでこぼこしている。そして、顔がねじ曲がりながら伸び、足の裏そっくりなのである。目が細く、鼻が低い。扁平なところも足の裏に似ている。

「ちっと訊《き》きてえんだがな」

と、原田は十手をかざすようにした。

「何ですかい」

図々《ずうずう》しそうな、憎たらしいような表情である。そういうところがまた、足に似ていると思わせるのではないか。

「おめえ、顔が足に似てるって言われたことはないか？」

「ああ、あります」

と、何のためらいもなく言った。

「やっぱり」

「子どものころから、綽名《あだな》は足の裏でした」

「裏がついたかい」

「そんなに似てますかね」

と、自分の足をひっくり返すようにした。

見比べると、ますますそっくりだった。

裸足《はだし》で外を歩いた足の裏みたいに、顔が煤《すす》で汚れている。いや、顔だけでなく、腕も太股も汚れている。湯屋の釜焚《かまた》きをしているらしい。

「ここは長いのか?」

「遠い親戚《しんせき》だからね。子どものときから働いてるよ」

「名前は?」

「芋次《いもじ》」

つまらなそうに言った。あまり自分の名は好きではないらしい。

「腹が減っても自分を食えばいいみてえだな」

「親もそのつもりでつけたみたいです」

「ふうむ」

親の切なる願いなのだろうか。米ではなく、芋にした理由はよくわからない。

「芋次、ちっとぬるくなってきたぞ。熱いのを足してくれ」

と、中から声が聞こえた。

「へい、へい」

面倒臭そうに立ち上がる。

「じゃ、忙しいんで」

帰れというのだろう。

原田は湯屋のほうを振り返りながら言った。

「間違いねえ。あいつが下手人だよ」

三

数日後――。

夜になって、原田が彦馬の長屋を訪ねてきた。

一度、家にもどって着替えたらしく、すっきりした縞柄の着物を着流しにし、羽織は着ていない。十手も差さず、刀を一本、落とし差しにしただけである。

「これは手みやげだ」

と、包みをくれた。開けると、ふたのついた小さな椀がある。

「梅干しとみそを合わせたものでな。これがあると何杯でも飯がすすむ。おのぶが雙星さまに持っていけと」

「そうか、ありがたくいただこう」

梅干しとみそを別々におかずにすることはあるが、合わせたりはしない。そのあたりが女のわざなのだろう。

「これをわざわざ？」

と、彦馬は訊いた。

「いや、芋次なんだがな、殺しがあった夜のことを訊くと、ずっと釜の番をしていたって言い張るんだ。湯の釜焚きはあっしだけ。あっしがいなけりゃ、湯もぬるくなるし、上がり湯だって出せませんぜだとさ」

原田は芋次の生意気そうな口ぶりを真似て言った。

「だろうな」

「殺しがあったところと、あの湯屋とは一町ほどしか離れていねえ。だったら、釜の番を抜け出して、あいつを殺してもどってくることもできなくはねえ」

「いや、それは無理だ。殺された男が、その刻限にあそこを通りかかるとわかっていれば、それもできるかもしれないが、いつ来るかわからないのを待ったり、あとをつけていたりしたら、かんたんに抜け出すなんてことはできないぞ」

「そうなんだよなあ」

と、原田もいちおうそこらは考えたらしい。

「でも、あんなに足みてえな顔をした男がほかにいるか。あいつの筋はあきらめるわけにはいかねえよ」

「ううむ」

彦馬は何かひっかかる。

「それでな、釜焚きの仕事ってのはどんなものなのか、いままで湯屋の釜回りなんざじっくり見たことがないので、いまから行ってみることにしたんだよ」

「それはいいな」

「ついては、雙星。付き合ってくれるよな」

「あんたの仕事だろうが」

彦馬は冷たく言った。

「そういうな。友だちだろ」

また始まった。そのうち、友だちだから下手人になってくれと頼まれる日もあるかもしれない。

「いいだろ。おいらはあの、目の前で死んでいった男の無念そうな顔を思い出すと、なんとしても下手人をあげてやりてえんだよ」

「ううむ、その気持ちはわかるな……」

結局は断わりきれない。もっとも湯屋にはしょせん毎日行くのだし、そう遠くでもない。

「しょうがないな」

と、付き合うことにした。

ところが出ようというとき、

「おや、父上、いまからお出かけですか？」

雙星雁二郎がやって来た。江戸に来て以来、やはり寂しいのか、ときおりこうして姿を見せる。

ただ、原田と雁二郎は初対面だった。

「わたしの倅《せがれ》ということになるんだが」

彦馬がそう言うと、原田はいかにも無遠慮に顔を近づけて、

「倅……おやじじゃないのか？」

と、真面目な顔で訊いた。

「違うんだ。そこらは解説がいるんだが、あまり愉快な話でもないのでな」

と、しらばくれることにした。

じつは、そう面倒な話ではない。養子を取るのに誰でもいいと遠い親戚から選んだところ、こんな変なやつが当たってしまったというだけである。

「雁二郎、わたしたちはいまから湯に行くんだ」

「では、わたしも」

「駄目だ。お前はあの芸をやったりして無茶苦茶になる」

すっぽんぽんのぽんという芸がうけて以来、上屋敷ではのべつやって見せているらしい。あのときは口から出すゆで卵は一つだったが、自分で言うには「芸に円熟味を増し」、近ごろは双子で産んだりもするという。こいつの口はいったいどうなっているのか。

「父上、湯で芸などする馬鹿がどこにいるんですか？」

と、雁二郎は笑った。

こいつならやりかねない。

だが、原田があいだを取り持ち、三人で湯に向かった。

湯はさいわい空いていて、ゆったり入ることができる。原田も仕事はあとだとばかり、ひとしきり熱い湯に浸かって、呻《うめ》き声を上げた。

「父上、唄《うた》も駄目ですか？」

と、雁二郎は年増芸者が媚びたような笑いを浮かべて訊いた。

やはり、何かしたくなったのだ。

「わたしといっしょのときはやめてくれ。そのかわり、一人で来たときは、唄でも踊りでも死ぬほどやってくれ」

「そうですか。残念だなあ。ここは声がいい具合に反響しそうなのに」

と、湯舟から立ち上がり、ぽんぽんと手を叩《たた》いて音の響きを確かめたりした。

見ると、雁二郎の下腹はぷっくりふくれている。

「どう見ても中年肥《ぶと》りだな」

と、原田が彦馬にささやいた。

「そうだろう」

と、うなずき、「雁二郎。そなた、いくらなんでもだらしなく肥りすぎではないか」

「そうなんです。おそらく当主にしてもらったおかげで、ちょっと食いものがよくなったからでしょう」

悪びれもせずそう言った。

「いったい、何を食って育ったんだ」

平戸藩は海に囲まれたうえに、気候も温暖で冷害などは起きようがない。北のほうの藩とは違い、食いものなどには恵まれてきたはずである。

だいたい、雙星家というのは周囲からも独特の家柄だとは言われてきた。もちろんいい意味の独特ではない。

雁二郎のところは、その雙星家の中でもとびきり変だと思われてきた一族である。

町にも滅多に出てこない人たちだった。字も双星と書いて、平戸の雙星一族とはなんとなく距離を置いてきた。

「まあ、あいつのことはいいさ。それより、釜焚きのほうをじっくり見たほうがいい」

と、彦馬は洗い場の隅のほうを指差した。そっちから熱い湯が湯舟に運ばれてきたりする。

「あ、そうだな」

原田は目の前に変なものがあると、すぐに肝心なことを忘れてしまう。

「湯屋にもいろんな仕事があるんだな」

と、彦馬は感心した。ふだんは番台に誰かいるくらいにしか思わないが、ほかにもいろんな仕事がある。

身体を洗ったり、湯上がりに浴びるきれいな湯のことを岡湯《おかゆ》と呼ぶが、勝手にじゃぶじゃぶ汲《く》み放題にはできない。そんなことをさせたら、いくら湯をわかしてもきりがない。これを汲んでくれる人がいて、岡湯汲みという。ここでは、この家の娘らしい若い女がやっていた。

若い娘には恥ずかしいだろうと思うが、湯屋で生まれ育てば、そんな気持ちはなくなるのだろう。

この岡湯汲みも釜焚《かま》きが兼ねることもあるらしい。だが、釜焚きは釜焚きで忙しいから、完全な掛け持ちというのは無理だろう。

「よう、釜焚きなんざ、いるんだかいねえんだかわからねえな」

と、原田は岡湯汲みの娘に声をかけた。

すぐ近くなので、やりとりは彦馬たちにも全部聞こえてくる。

「そりゃあ、お客の前にはあまり顔は出しませんからね」

「だったら釜焚きがちっと抜け出して、そこらをふらついてくるなんてこともできるな」

「そりゃあできますよ」

原田はこっちを見て、手ごたえがあったような笑みを浮かべた。

いちおう、次に洗い場を磨いていた湯屋の息子らしい男に訊《き》いた。

「釜焚きの芋次は始終いなくなるって、岡湯汲みの娘が言ってたぜ」

「ああ。あれはあっしの妹ですがね、釜焚きよりあいつのほうが始終いなくなってます」

「そうなのか」

原田は拍子抜けしたような顔をした。

「向こうの通りの筆屋の若旦那《わかだんな》とできたばっかりで、のべつあっちのほうに行方をくらましてます。芋次なんか、あいつの尻《しり》ぬぐいをさせられてるようなもので」

「芋次に変わったことはないか？」

「ちっと金回りがよくなりましたかね」

「なんだと？」

「この前、そっちの飲み屋で酒をくらってました。うちの給金じゃせいぜい酒買ってきて飲むくらいだと思うんですが」

「ほう」

原田の顔が輝いた。

「ちっと、芋次をこっちに呼んできてくれねえか」

「わかりました」

すぐに芋次がやってきた。あんたと話すのはもう飽き飽きしたと、足の裏に似た顔が語っている。

「おめえ、この前、そっちの飲み屋で飲んでたんだってな」

「あ、まあ」

「ずいぶん金回りがいいじゃねえか」

「そんなんじゃねえんで。ここの娘に筆屋の若旦那のほかにも男がいるのを見かけちまって、黙っててくれと」

原田はうんざりした顔をした。

「……」

「あの男、どうかしたんですか？」

洗い場で垢《あか》を擦《こす》っていた雁二郎が彦馬に訊いた。

「殺しの下手人かもしれないんだと」

「へえ、あの男がですか。わたしは芸のため、いろいろ人をじっくりと見たりするんですが、あいつに人殺しができるとは思えませんがねえ」

雁二郎は首をかしげた。

「ほう」

彦馬は目を瞠《みは》った。何のかんの言っても、こいつは織江の正体を見破ったのである。意外に人を見る目はあるのかもしれない。

「お前、早く国許《くにもと》にもどって、捕物方《とりものかた》にでも配置替えを願い出たほうがいいんじゃないのか？」

と、彦馬は言った。もちろん、お世辞半分、嫌味半分である。

「いや、父上。わたしは江戸の暮らしがすっかり気に入りました。ここで適当に勤めながら、芸人としても名を揚げられたらいいなと」

「……」

こんなのを養子にして、静山公に申し訳なかったと、彦馬は後悔した。

雅江は水晶の玉を出した。ひさしぶりである。一時期は毎日のように取り出していたときがあった。そのころに比べると、いくらかは気丈さがもどってきたのかもしれない。

陽の当たるところに座り、絹で丁寧に磨いたあと、膝《ひざ》の上に置いてじっと見つめた。玉は曇っている。汚れではない。未来まで突き抜けるようには輝かない。

雅江は、織江といっしょに自分も逃げようと思っていた。その成否を占ってみたのだ。

だが、やはり無理らしい。

織江を逃がすにはどうしたらいい？

ふたたび見つめた。ぼんやり人の影が浮かんだ。

川村真一郎に見えた。この男が鍵《かぎ》ということだろう。たしかにあいつさえいなくなれば、いまの桜田には織江にとどめを打てる者がいない。

だが、雅江一人で川村を倒すのは無理である。

織江とあたしが組めば、川村はやれる。しかも、川村は織江にぞっこんになっている。織江の罠《わな》なら落ちる。

雅江はこれまで仕掛けてきた罠を一つずつ思い出した。

人を騙《だま》しつづけてきた人生に思えてくる。最後は幸せな人生を、などと思うこと自体が罰当《ばちあ》たりなのかもしれなかった。

四

「雙星さま……」

日本橋へと向かう道を歩いていると、どこかで自分を呼ぶ声がした。聞き覚えのある声である。原田のご新造ではないか。

そういえば、この前のろうそく屋は原田のご新造の実家である。店の中をのぞきこむと、

「違います。ここです、ここ」

「ん？」

声は上から落ちてくる。見上げると、原田のご新造が、かるさんを穿《は》き、たすきがけで屋根の上にいた。

「これは、これは」

武家育ちならたぶんこんな目立つところから声をかけてきたりはしない。原田がご新造の足首を自慢していたのを思い出し、慌てて目を逸らした。

「上から申し訳ありません」

「いえ」

「いま、降ります」

待っていると、店のほうから出てきた。

「ごめんなさい、みっともないところを」

「屋根瓦《やねがわら》でもどうかしましたか？」

と、彦馬は訊いた。

「いえ。前のお店《たな》の子が、大事な凧《たこ》をうちの屋根に引っ掛けてしまったんです。男衆は忙しいのにこんなことをさせたらかわいそうというので、あたしが取ったわけ」

「なるほど」

「また、原田の家を出たわけじゃないんですよ」

「安心しました」

と、彦馬は言った。そんなことにでもなろうものなら、どれだけ愚痴られることか。考えただけでうんざりする。

「だいたいが、あの人の早合点なんです」

「というと？」

「この前も別に怒って実家にもどったわけじゃなく、法事があるって言ってたのを忘れて騒いだんです。あんまりみっともなく騒ぐから、だったらあたしもあの人の頭が冷えるまで実家で休養しようと」

「そうだったんですか」

たしかにひどい早合点である。

「じゃあ、またうちに遊びに来てくださいね」

「ありがとうございます」

ご新造と別れて歩き出した。

——待てよ。

と、彦馬は思った。もしかしたら、「足のような顔」という言葉も、原田の聞き間違いではなかったのか。

足のような顔、足のような顔。足のよう？　あっしのよう？

それって、「あっしのような顔」ではなかったのか。つまり、あまりにも自分に似ていて驚いたのではないか。

彦馬は日本橋の本屋で手習いの教本を探す予定を取り止め、本郷四丁目の番屋に急いだ。その番屋に岡っ引きや小者も集まる手はずになっていて、原田もまだ詰めているはずだった。

案の定、原田はいた。

「おい、原田」

「どうした、雙星？」

「早合点だ」

「何が？」

「足のような顔ではない。あっしのような顔だ。つまり、下手人は殺された幾助によく似ているんだ」

「なんてこった……そういえば……」

「なんだ？」

「幾助の長屋でそんな話をちらちら聞いたっけ。駒込の片町《かたまち》の八百屋に、幾助そっくりの男がいて、間違えて声をかけてしまったとか」

そんな話を聞いておきながら、ぴんと来なかった原田もすごい。

「よし、行くぞ」

原田と彦馬は駒込に走った。

卸しまでするくらい、大きな八百屋だった。野菜が道にはみでるほど積まれ、おやじのつぶれた声が、客足を次々に止めていた。

似ているというのは、このあるじではなかった。だが、あるじに幾助の顔立ちを説明すると、すぐにわかった。

「ああ、そいつは向こうの追分《おいわけ》町に住む鯖三《さばぞう》って男だよ。あたしのところで野菜を仕入れ、春日《かすが》とか高台の長屋を回って歩いてるんだ」

「どんな野郎だい？」

「ああ。よく働くんだがね。どうも、ちっと手癖がよくねえらしい。長屋に入り込んじゃ、誰もいねえ家から何か持って来るってことがたまにあるらしい。おれもその噂を聞いたときは、くだらねえことをするなら、もうおめえには品物を卸さねえぞと脅したんだが。また、何かやらかしたかい？」

「その程度の盗みならいいんだがな」

追分町に向かおうとしたが、

「あ、あっちから天秤棒《てんびんぼう》を持って来るのがいるだろう。あれが鯖三だよ」

と、八百屋のあるじが指を差した。

原田と彦馬は何気ないふうを装って、そっちに向かった。だが、いくら何気なさそうにしても、原田は町方の同心の恰好《かっこう》をしている。すぐに注目されてしまう。

鯖三はいきなり脇道に飛び込んだ。

「しまった」

「二人で追えばなんとかなるだろう」

入り組んだ道を走る。

鯖三はさほど足が速くないらしく、徐々にあいだが詰まった。

角を曲がった。

「うわっ」

いきなり原田が転がった。待ち伏せして、いきなり天秤棒で足を払ったのだ。跳んで避けようとしたが、間に合わず、弁慶の泣きどころを打たれてひっくり返った。

「てめえ」

鯖三はもう一度、天秤棒で原田を殴りつけようとした。

「待て、こら」

彦馬が怒鳴った。

「なんだと、この野郎」

彦馬は刀を持たない。それをすばやく見て取ったらしく、天秤棒をこっちに向けてきた。

「殺した幾助は知り合いか？」

と、彦馬は訊《き》いた。

「知るか、あんなやつ。おいらの前でこれ見よがしに、初物の枇杷《びわ》を買ってかぶりつきやがった。初物なんざ食えるもんじゃねえ。こいつ、どれだけ裕福なんだと思ったら、殺意が芽生えたのさ」

「たかが枇杷でな」

なんと馬鹿ばかしい殺意なのか、だが、この男の心に積み重なった初物への強い思いは他人にはわからないのだろう。だからといって、いきなり他人を刺すようなふるまいが許されるわけはない。

「うじゃうじゃぬかすな。どいつもこいつもぶっ殺してやる」

鯖三は喚きながら棒を振り上げた。

彦馬は逃げずに、棒の手元に突進するようにした。鯖三の手首を摑《つか》みながら身体を寄せ、手を引きながら腰をひねるように……鯖三の身体が信じられないほど高々と飛んだ。

鯖三は背中から魚の開きになったように地面に叩《たた》きつけられ、一度、「うっ」と唸《うな》ったきり、気を失った。

「見事な技じゃねえか、雙星」

呆気《あっけ》に取られたように原田は言った。

「なあに、まぐれだ。それに、わたしはこの技しかできない」

「いいんだ、それで。雙星にはまたおごらなくちゃならねえ」

「そんなことはいい。それより、芋次におごるべきだろう。足の裏だと顔をなじったうえに、殺しの下手人扱いだぞ」

彦馬がそう言うと、

「ほんとだな。夜にでも酒を持って行くか」

と、素直にうなずいた。そこらは原田のいいところだろう。

「今度こそ、静山を」

桜田御用屋敷の中庭でそう言った男に、雅江は見覚えがあった。あのとき、浪人者らしき二人づれに苛められているところを助けた男ではないか。雅江は慌てて身を隠した。

「鳥居どの。その話は外では」

と、川村が声を小さくするよう注意をうながした。

「だが、ここはそなたたちお庭番の屋敷ではないか」

「それでも、壁に耳ありと」

「そうじゃな。わしも密偵を使うのは大好きだし」

と、笑った。

川村の友だちなのか。密偵を使うような身分なのか。

それにしても、ここで見かけたのは初めてである。昔から出入りしていた男ではない。

静山とは、平戸の松浦静山のことか。

あの鳥居と呼ばれた男が松浦静山となんの関係があるのか。

雅江はあとをつけてみることにした。

男は外に出ると、ずいぶん態度が変わった。菅笠《すげがさ》をかぶり、どこかおどおどしたようすで通りを進む。

内弁慶《うちべんけい》。

よく少年に冠せられる仇名がふっと浮かんだ。

お濠《ほり》沿いを迂回《うかい》するように歩き、白魚《しらうお》河岸のところで猪牙《ちょき》舟《ぶね》を拾った。

雅江はすぐに舟を拾わない。上の道を歩いてあとをつけ、しばらく行ってから舟を拾った。それでも、「あの舟をつけてくれ」とは言わない。素人の船頭にあとをつけさせても、すぐに見つかったりする。

ときどき舟を換えながらあとをつけた。

白魚橋を町奉行所の役人の通称の元になった八丁堀から鉄砲洲へ出た。ここを左に回って大川をさか上る。

万年橋の下から小名木川へと入り、途中の十字路を左に曲がると横川である。これを真っすぐ北へ向かう。

男は横川が源森川にぶつかる手前あたりにある屋敷の前で舟を捨てた。門を叩くと中から声がした。

「わしじゃ」

門が開き、男は中に消えた。

雅江はすばやく周囲を見回すと、真上に跳んだ。そこには枝を伸ばした常緑樹のクスノキがあった。雅江は、その枝を摑《つか》むと、すばやく足を上に上げ、そのまま回転するように枝に乗った。

屋敷の中が見えた。男たちが玄関の前で話している。雅江は音のしそうな築地塀《ついじべい》には足をかけず、枝をつたい、木を渡って、男たちのいるほうに近づいて行った。

「どうだ、仕掛けは？」

「ええ。横穴が三本に、隠し部屋が二つ、完成しています」

と、答えた男は、十手を後ろに差していた。

「盗み聞き用の穴も開けたな？」

「もちろんです」

ここではなにやら細工をしているらしい。

——なにをするつもりなのか？

「ほかにご要望は？」

と、十手の男が訊いた。

「うむ。考えておこう」

「あとは静山が買うかどうかですな」

「買うさ。いや、買わせるさ」

これでわかった。仕掛けをほどこした屋敷を、抱え屋敷として平戸藩に売る。そこから平戸藩の内部の秘密を探ろうというのだろう。

ずいぶん遠大な計画だが、万が一、静山に買わせたりしたら、得るものは大きいはずである。

「静山は妖《あや》かしがからむと買わずにはいられなくなる。わしはそこらの気持ちを突っついてやるのさ」

鳥居と呼ばれた男は笑った。

町を歩くときの気弱そうな顔とは大ちがいの、やけに自信ありげな笑いだった。

第三話　お化け屋敷

　この日、彦馬は静山とともに天体観測を約束していたが、西海屋千右衛門も「御前にお訊《き》きしたいことがあって」と、いっしょに下屋敷にやって来た。

　桜の花はすっかり散ってしまい、瑞々《みずみず》しい葉桜に変わっている。慌ただしくて、桜をゆっくり堪能する暇は彦馬にも千右衛門にもなかった。にゃん太が毎晩出ていって、夜桜の下で仲間と集っているらしいのが羨《うらや》ましかったが、静山だけはずいぶんと吉原の夜桜見物を楽しんできたらしい。忙しいはずなのにこうした時間を工面できるようにするには、静山の言によると、時を自在にあやつる秘術が必要らしかった。

「どうした、千右衛門。訊きたいことというのは？」

　愛用の銀のきせるで煙草をふかしながら、静山は訊いた。

「おかしな噂が出回っております」

「どんな？」

「御前が最近、お化け屋敷を購入なさったと？」

「ほう？」

「さすが、豪胆で鳴る松浦さまだと」

もちろん彦馬は道々、千右衛門からこの話を聞いてきた。静山なら買っても不思議ではないが、しかしいままでまったくそんな話は出なかった。本当なら黙っておられずに、さぞや自慢もしたはずである。

お化け屋敷というのは——。

ある大名がいったん川遊び用にと抱え屋敷として購入したが、夜になると、盃《さかずき》や行灯《あんどん》が宙に浮いたりする。このお化け騒ぎで、誰も使わずにいる。

このところは荒れ放題で、ついに売りに出してしまった。ところが、お化けの噂は知れ渡っていて、買い手がつかない。

それを静山が買ったらしいというのである。

「どこにあるのだ？」

「本所の横川の近くだとか」

「ふむ」

横川は大横川とも呼ばれたりするが、竪《たて》川と対になった名前である。竪川は江戸の地図を見ると、本所を竪に貫いて見える。そのため、この名がついた。その竪川と交差するため、横川の名になったのである。竪川も横川も、人工の運河だった。川幅はおよそ二十間もあり、多くの船便がここを行き来した。

横川までは、この本所中之郷の屋敷からも歩いてすぐである。

「誰に聞いた？」

「上屋敷に近い浅草福井町《あさくさふくい》の鳶《とび》の親方にも聞きましたし、本所あたりを回っている植木のかつぎ売りからも」

「ほう。ということは、かなり広範に出回っている噂ではないか」

「近所にいる瓦版屋《かわらばんや》にまで。記事にしたいというので、そんないい加減な瓦版を書くと、大変なことになるぞとおどかしておいたのですが、なにせあの連中というのは、わざと名前をぼかしてそれっぽくしたりと、いろんな手を使いますので」

「あっはっは。まったくだ。わしも以前、吉原の花魁《おいらん》にふられた池之守《いけのかみ》さまという調子で書かれたことがある」

面白い話でも思い出したように言った。文句を言えば、文句を言ったことを書かれる。一つ押さえ込んだと思ったら、別のところが顔を出す。あの連中は無視するに限る、幸い連中は世間よりも忘れかたが早い——というのが、つねづね言っている静山独自の対処法であるらしかった。

「本当にお買い上げになったので?」

「いや、知らぬ。だが、本当にお化けが出るというなら、買ってもよいぞ」

と、大真面目な顔で言った。

一

静山と彦馬は、ひとしきり天体観測に夢中になった。

この夜は、東半分がひときわ晴れ渡った。花曇りのぼんやりした夜は少なくなったが、満天晴れ渡る夜空にはなかなか出合えない。

「出てきたな」

と、静山が東の空の下のほうを指差した。

「はい」

織姫の星が見えてきた。空全体の中でもひときわ明るい。

「そういえば、そなたはこの前、織姫の星の近くに目玉のような星が見えると言っておったな」

「はい」

肉眼では見えない。性能のいい望遠鏡を使うと見える。ただ、見え方はときおり変わる。水晶玉を手で持っているように見えることもある。

「今宵《こよい》はどうだ？」

「かすかに」

「わしの望遠鏡では見えぬ。どれだ？」

「どうぞ」

「ん、これか。煙草の煙りの輪のようにも見えるな」

「わたしは見ていると、逆に見つめられているような気になってきます」

「天の目か？」

感動をにじませた声で、静山は訊いた。

「それはどうでしょうか」

と、彦馬は首をかしげた。

天に人の顔は当てはまらない気がする。人はさまざまなことを擬人化して考えがちだが、人の道理があてはまるのは人のことだけである。もっと言えば、その人の道理ですら、人によって違う。生きものなどは、人とはかなり違う道理で生きているし、ましてや天体の道理ときた日には、計り知れないことだらけだろう。

静山はしばらくその星に見入ったあと、筒先をすこし動かして、

「もう一つ、訊きたいことがあった」

「何でしょう？」

「西海の島の漁師たちは、彦星《ひこぼし》の両脇にある星を二匹の犬に見立て、犬飼星《いぬかいぼし》と呼んだりしている」

織姫の次に彦星を探したのだろう。だが、まだ見えていない。

「はい。知っています」

「ところが、博多《はかた》あたりでは犬飼星は織姫のことだと言っているらしいぞ」

「ああ。それも聞いたことがあります。だが、織姫だと犬が控えているというより、何匹も引っ張って歩くみたいな感じになります」

「そうだな」

「だから、わたしは昔からやっぱり彦星のほうが、犬飼星と言われていたのではないかと思います」

「同感だ。だが、織姫が犬飼星というのも面白いのう」

「まったくです」

町で暮らす者には、星をじっくり見る者は少ないが、海や山に暮らす者はときおり星を眺める。方位を知ることができるからである。ところが、星というのはどれもよく似ている——彦馬に言わせれば、全然、似ていないのだが——そこで区別するために、周りの星とくっつけて名前をつけておく。そのくっつけ方と名前は、土地土地によってずいぶん違っていた。

二人の話に、犬という言葉が出てきたのがわかったらしい。寝そべっていたタケがふいに起き上がって、夜空に耳を澄ませるような格好をし、

あうう。

と、一声鳴いた。

話に出た彦星のほうも出るまで観測をつづけたいが、いまの時期だと真夜中まで待たなければならない。織姫と彦星はやはり夏から秋（旧暦で）の夜空を彩る星である。織姫を拝んだだけでも満足すべきだろう。

天体観測がそろそろ終わるかというころ――。

「御前。木場《きば》の材木屋で木曾嶽屋《きそだけや》を名乗る男が訪ねてまいりました」

と、若い藩士が告げた。

静山のもとに、夜遅く客が来るというのは、けっしてめずらしいことではない。芸者がつるんで遊びに来たこともある。

「用はなんじゃ」

「じつは、屋敷のお買い上げについてご相談させていただければと」

「屋敷の買い上げとな」

静山と彦馬は顔を見合わせた。

この部屋に通すように言うと、やって来たのは五十がらみ、どう見てもそつのない、叩《たた》き上げの商人といった男である。

「じつは、わたしどもはご贔屓《ひいき》筋に頼まれ、土地や家屋の売買の世話をすることもございます」

あってもおかしくはない。

「ただ、あらかじめ正直に申し上げておきますが、今宵、ご紹介するのはお化け屋敷でございます」

「なんとのう」

静山は目を丸くした。

もちろん、その話だろうとわかっていて、とぼけてみせているのだ。

「わたしも喜んでご紹介できる屋敷ではありません。逆に、豪気で鳴る松浦さまくらいしか、ご相談は難しいだろうと、こうしてうかがった次第です。わたしも松浦さまにはちゃんと当たったと報告しておかないと、面子《めんつ》が立たなかったりしますので」

「わしは別に、バケモノを集めるのが趣味のわけではないぞ」

「それはもちろん」

「巷《ちまた》でも噂になっておるな？」

「さあ、わたしは噂のほうは聞いておりませぬ。ただ、川べりで景色もいいし、土地も豊かで、本当に素晴らしいお屋敷なのです。それが、つまらぬ噂が立ってしまって、買い手はいなくなってしまいました」

「本当に出るのか？」

「突然、皿や行灯《あんどん》が浮かび上がります。ゆっくりと、かすかに揺れながら……。それはわたしもこの目でたしかめました。だが、いわゆる幽霊の姿はありません。それと風もないのに、部屋ががたがた揺れ出したりします」

「笛や太鼓はどうだ？　ここらじゃたぬきの馬鹿囃子《ばかばやし》と呼んで、この屋敷の庭の名物になっているくらいだぞ」

「笛、太鼓はないみたいです」

「そうか、飛ぶのか、皿や行灯が」

静山は腕組みし、天井を仰いだ。

「ただ、出るといっても、のべつ出るわけじゃありません。せいぜい月に一回。女だって月に一回は嫌なものが来るんですから、なあに、どうってことは」

男は品のないことを言った。

「いくらだ」

「屋敷は多少、手狭ですが、土地は三千坪ございます。それで、二百両」

「安いな」

たしかに本所で三千坪が二百両というのは格安かもしれない。

「ただ、わけありですので、わたしも自慢してご紹介するというわけにはいきません。まさかとは思いますが、お買い上げになろうというおつもりも？」

「欲しい」

と、静山は言った。

「え？」

彦馬は思わず静山を見た。

「欲しいことは欲しいが、わしもこれで手元不如意でな。用人や勘定方の者と相談させてくれ」

「お止めになったほうが」

と、木曾嶽屋が言った。

「わしはそう言われると、ますます欲しくなってしまう性質《たち》なのよ」

彦馬は話を聞いていて心配になってきた。

たぶん静山は、このお化け屋敷を買ってしまうだろう。

二

万三や耳助たち下忍《げにん》五人ほどが、川村真一郎の役宅の一室に集まっていた。耳助がひどい煙草呑《の》みで、しかも相当安い煙草であるらしく、周りの何人かは顔をしかめている。それでも耳助は気にせず、うまそうに濛々《もうもう》と煙りを吐き出した。

「待たせた」

そう言いながら川村が奥から出て来て、立ったまま、五人を見下ろした。

「どうだ、何か進展はあったか？」

五人のうち、いちばん年長の耳助が、

「あいにくと」

と、答えた。

「いるか、いないかさえ、わからんのだな？」

「はっ」

耳助はさらにうなだれた。

奥からもう一人、お庭番が現われた。川村真一郎の上司に当たり、同じ川村姓で五左衛門《ござえもん》といった。

「真一郎、もうどれくらいになる」

「ひと月ほどに」

二月末に消え、いまはすでに三月も半ばとなった。もうひと月も捜して、まだ見つからない。

「なんという体《てい》たらくだ」

「申し訳ありません」

「くノ一ごときに」

「……」

「平戸側に寝返ったのか？」

「それもしかとは」

「だとすれば、本所の屋敷内にいてもいいはずだな」

「だが、確認はできていません」

「中に入ったのか？」

「それは……」

できていない。

「平戸に行ったのでは？」

「それもありえますが……」

と、川村は小さく呻《うめ》いた。夫への未練なのか？

まさかという思いと、嫉妬《しっと》の思いが、激しく渦を巻いた。

「まずは、早く平戸藩邸に潜入いたせ。上屋敷でも、下屋敷でも。それからだ」

川村五左衛門はそう言い捨てて、部屋を出て行った。

その後ろ姿を見送ってから、

「どうも、見張りが強化されたのではないでしょうか？」

と、耳助が言った。

「なんだと」

「まったく付け入る隙がないのです。それどころか、これまで張った伏線が次々にあばかれ、接近する者の変装はすべて見透かされているようです」

ということは、やはり織江が向こうの手先となって隠れているのではないか。

「上屋敷もか」

「ええ。いままで下屋敷のほうは静山がいて、侵入は難しくなっていました。いまは、上屋敷も難しくて」

「だが、このまま藩邸の周りをまわっていても埒《らち》は明かぬ。なんとしても、潜入せよ」

「ははっ」

下忍たちは、下がっていった。

川村真一郎は一人だけになった部屋に立ち尽くし、

――あいつらを呼び寄せるか。

と、思った。あいつらとは、薩摩《さつま》の呪術師《じゅじゅつし》寒三郎《かんざぶろう》、長崎の宵闇順平《よいやみじゅんぺい》、そして、長州《ちょうしゅう》の浜路のことである。あの連中なら、なんなく藩邸に潜入し、織江の存在の有無を確認してくれるだろう。

だが、九州の状況はますます目が離せない。あの三人にしても、いまの仕事を中断させればその回復には一年やそこらは費やすことになるだろう。あの連中の仕事の重要さに比べたら、織江のことは些事《さじ》と言ってもよかった。

――もう少しようすを見るか。

だが、こんな調子では、鳥居のやつにどんどん先を越される。あの男の手口には最近、つらつらと感心した。

先に屋敷を買ったという噂をばらまいておいて、それから釣るというのはたいした技である。とくに静山のような男はひっかかりやすいだろう。

そんな技をどこで学んだのか。

鳥居に訊《き》いてみると、学んだわけではなく、もしも自分だったらと……考えてみたのだという。

もしかしたら、人を陥れることでは天性の才を持っているのかもしれなかった。

――この分だと、織江のことも、お化け屋敷の筋から引っかかってくるかもしれぬぞ。

川村真一郎は、鳥居に期待する気持ちが芽生えていた。

静山の手が刀にかかった。彦馬は逃げずに、逆に左手で押し込むように相手の刀の柄を摑《つか》み、同時に右手で襟を引くように身体を寄せ、ひねる……。

本当なら、これで相手は宙を舞うという。

だが、静山は地面に根が生えたみたいに、微動だにしない。

「う、う……駄目です」

と、彦馬は唸った。

「いいのだ、それで」

「まるで動きません」

「わしを飛ばせるようになれば、達人の域さ」

と、静山は笑った。

「抜く前に飛び込むことですね」

「そうだな」

「抜かれてしまったら、逃げるしかないですか」

「いや、そんなことはない。あとは見切りの稽古《けいこ》だな」

「見切り？」

「切っ先を見切り、剣をやり過ごせば、その瞬間は相手も剣がないのと同じだ」

「はあ……」

それはそうだろうが、斬りかかってくる刀を見切るなどということができるものなのか……。

彦馬がとまどっているのがわかったらしく、

「やれるかもしれぬぞ。そなた、思ったよりずっと筋がいい」

と、静山は言った。

「要諦《ようてい》の一つは腕の引きですね」

と、彦馬はいままでの動きを振り返りながら言った。

「いかにも。左に引いて、投げの体勢に持っていけないときは無理するなよ。そのときは右に引け」

と、静山が拳《こぶし》を突き出してきた。

「こうですね」

その手首を取って、右に強く引く。相手の力も利用するのでそう難しくはない。

「それで裏から肘《ひじ》を叩《たた》け」

「やっ」

左の手のひらで静山の肘を押さえた。もちろん遠慮をして、春の訪れのようにやわらかく押す。

「これで投げられなくても、相手の肘が砕けたり、動けなくなったりする」

「たしかに……」

投げ一本槍《いっぽんやり》ではなくなった。

背負い投げ一本槍でやっても、やはり脇道は伸びる。武術というのは不思議なものである。

しかも、武術に励むと、気配というのに敏感になる。

今日もこの屋敷に来るとき、おかしな気配を感じた。

「そういえば、御前……」

と、さっきの気配を語った。

「ふっふっふ。気づいたか。この十日ほどは、ものでも売りつけてやりたいくらい、ぞろぞろやって来るのだ」

「どうしてでしょう？」

「いなくなったくノ一を捜しているのだろうな？」

「どういうことでしょう……」

と、言ったとき、閃《ひらめ》いたことがあった。

「もしかして……」

「どうした？」

「織江は、御前を追いつめる証拠を入手しました。あの書き込みもある『西洋武器惑問』です。だが、それは御前だけでなく、このわたしも窮地に陥らせることになります。わたしは、御《お》船手《ふなて》方《かた》書物天文係にいました。当然、藩に対して責任を負うべき立場にありました。くノ一としての仕事と妻としての情け。結局、板ばさみの思いに悩み、逃走してしまったのでは？」

と、彦馬は言った。

「なるほど。それは当たっているかもしれぬ。だが、そうなると、そなたの妻は抜け忍《にん》になったことになるぞ」

「抜け忍……」

初めて聞いた言葉だが意味は想像がついた。

「それは、忍びの者たちにとってもっとも罪の重いこと。そなたの妻は、一生涯、追われつづけることになる」

「一生涯……」

なんと過酷な運命なのだろうか。

そして、その運命を招いたのは、わたしなのではないか。

三

彦馬は長屋の部屋に横になって考えていた。

先ほど、静山からここを引き払って下屋敷に入るよう勧められた。外にいると、彦馬まで危難に巻き込まれるかもしれないというのだ。

だが、そうすればますます織江は遠ざかってしまうだろう。もはや、織江は下屋敷にはいないのだし、外にいたほうが織江に会う機会ができるはずである。

妻恋町、妻恋坂。

織江があの下屋敷にいたのが間違いないなら、わたしのあとをつけたこともあったのではないか。

とすれば、ここは知っているはずである。

——訪ねてきてくれるかもしれない……。

いや、本当はもう、わたしの顔など見たくないのかもしれない。あの下屋敷からいなくなったのも、あまりにも頻繁にわたしが顔を出すものだから、正体がばれるのを恐れただけかもしれない。

——いや、違う……。

織江はまだ、わたしの妻でいてくれている。いま、こうしているときも、織江はどこかでわたしのことを気づかっていてくれている……。

「このままで」

と、書いたときの気持ちはまだ失われていない。だから、なおさらわたしはここにいなければならない。

それに手習いのことだってある。下屋敷に隠れ住んでいては、手習い所にも通えない。

あの子たちがわたしを必要としてくれているかどうか、それはわからない。だが、わたしにはあの子たちに教えたいことがある。

——信じよう。

と、彦馬は思った。織江の気持ちも、わたしたちの将来も。

とりあえず、目の前には謎がある。お化け屋敷のことである。その謎を何とか解かなければならない。

彦馬は、静山がその屋敷を買うのは反対だった。

「どうも、甲子夜話の話に近すぎる気がします」

と、静山にも言った。

「だが、あの手の話はめずらしくないのさ」

「わたしには、何者かが甲子夜話を読んでいて、あれを手がかりに何か仕掛けてきているような気がするのですが」

「そうかもしれぬ」

「であれば、お断わりしたほうが」

「いや、逆だ。わしは、なおさら買いたいのう」

「それは……」

あまり止めると、静山という人はおそらくますます買いたくなるのだ。

「それにしても、甲子夜話のお化け屋敷は変な話ですね」

彦馬はひそかに思っていたことを言った。

「ほう」

と、静山はときおりする、しらばくれたような悪戯《いたずら》っぽい顔をしたものだった。

『甲子夜話』にお化け屋敷の話はいくつも登場するが、ものが飛び交うのはこんな話である……。

上野《うえの》寛永寺《かんえいじ》の山のはずれに伊呂波《いろは》茶屋という場所がある。いわゆる遊郭だが、大きなところで、周辺も含め、江戸有数の歓楽街になっている。

あるときその家の中で、客の目の前にあった盃《さかずき》の台が、ふうっと空中に浮かび上がった。驚き騒いでいると、つづいて行灯《あんどん》や煙草盆なども宙に浮かび出したではないか。

「なんてこった……」

客たちは仰天し、花魁《おいらん》もきゃあきゃあ言って逃げまどった。

これが、毎夜、起きる。そのうち、驚く者もいなくなって、しまいにはこの現象を見ようと、人が多く集まるようになった。

何のことはない、客引きのお化けである。

そんなある夜、火鉢にかけていた煮えたった湯沸しが空中に浮かんでから落ちて、お湯が四方に飛び散った。

この出来事が、お化け騒ぎの終焉《しゅうえん》だった。

以来、おかしなことは起きなくなった。

キツネかタヌキが人を化かしていたのだろうが、沸騰したお湯を浴びて火傷《やけど》したことに驚き、これに懲りて止めてしまったのだろう——皆はそんなふうに笑った。

こうしたことは手妻（手品）師の手を借りれば、かんたんにやれることだろう。

上から細い糸で吊《つ》ってもいいし、下から棒で持ち上げてもいい。両脇から糸を引っ張って持ち上げる手もある。

組み合わせることで、どれも違うと思わせることができる。

これを妖《あや》かしのせいと言えば、妖かしは怒るのではないか。こんなくだらないことはしないと。

これもたぶんその類《たぐい》の気がする。

不思議なのは、あれだけ怜悧《れいり》で鳴る御前が、こんな見え見えの話をなぜ『甲子夜話』に入れたのか、ということである。

そのほうが、伊呂波茶屋の騒ぎよりも謎だと思っていた。

天井を見ながら考える。考えることが大事なんだと、子どもたちにも教えている。たとえ正しい答えに結びつかなくても、そのとき考えたことや、鍛えられた考える力が、次の場面で役立ってくれるはずである。

それに、考えることは、一生懸命、身体を動かすこととといっしょで、意外に心地よかったりするのだ。

――ん？

天井が揺れていた。背中も波打っていた。考え過ぎて、めまいでも起こしたのかと思った。そうではない。地震だった。

大きな地震だった。

平戸では大きな地震が来ても、まず、建物につぶされるのを避ければ、そう怖いものではない。江戸では、そのあとの火事が怖いと聞いていた。建物が密集しているため、逃げ場がなくなり、煙りに巻かれたりすると。

彦馬はすばやく周囲を見た。

無意識のうちに取ったのは、表装した織江の字と、手ぬぐいに包んで置いてある二つの星形の手裏剣だった。

それから、不思議そうに首をかしげているにゃん太を抱きかかえ、外に出た。

長屋ががたがたと鳴っていた。板葺《いたぶ》きの上に石を置いている家があり、それが転がってきそうで危なかった。

「逃げろ、逃げろ」

わめきながら、皆、外に出てきていた。

夜空を見た。こんなときに限って、満天が晴れ上がっていた。さっきは見えなかった彦星《ひこぼし》も見えていた。もう、丑《うし》の刻（午前二時）ほどになっているのだろう。

やがて、揺れはおさまってきた。

長屋も柱が折れたり、壁が崩れたりといったことはなさそうである。大家が以前、うちは見かけはそうでもないが、腕のいい大工が真面目な仕事をしてるよと自慢していた。まんざら嘘ではないらしい。

「もう、大丈夫みたいだな」

「いやあ、びっくりしたぜ」

そんなことを言いながら、自分の家に入っていく。寝惚《ねぼ》けた目をこすりながら帰っていく子どもの姿はかわいらしい。

彦馬もにゃん太を抱えたまま、部屋にもどった。

ふとんに座って、あらためて自分が手にしたものを見た。

――こんなときは、思わず大事なものを持ち出すのか。

と、思った。

その感想が、お化け屋敷の謎を解き明かした。

四

彦馬が次に静山と会ったのは、地震の夜から十日ほど経ってからである。新しい『甲子夜話』ができあがったというので、下屋敷に借りに行った。

このとき、雙星雁二郎と門のところですれ違った。

「なんだ、雁二郎。お前、下屋敷まで何しに来た？」

「かんたんな使いですよ」

「うむ」

それはそうだろう。使いだってちゃんとやれるのか、雁二郎では心もとない気がする。

「まさか、御前にあれを見せたわけではないだろうな？」

「あれっていいますと？」

「あれだよ、すっぽん」

あんな恥ずかしい芸の名は、最後まで言いたくない。

「ああ、〈すっぽんぽんのぽん〉はまだです。御前にご覧いただくときは、〈黄金の袋〉の芸になるかもしれません」

「黄金の袋……」

もっと嫌な感じがする。

だが、どんな芸かとわざわざ追及する気にもなれない。ただし、静山公にあまりにもくだらない芸を披露して、雙星の家が廃絶の憂き目に遭うことは覚悟していたほうがいいかもしれない。

離れのほうに回ると、静山はタケと遊んでいるところだった。タケはこのところいつも元気がなかったが、今日は嬉《うれ》しそうに静山の周囲を駆けめぐっている。

「おう、さっそく来たか」

「はい。お借りします」

「つまらなかったら言ってくれ」

「いえ、いつも楽しみにしています」

世辞ではない。

頭がいろんなふうに刺激される。一冊読み終えたときは充実感があった。

「ところで、御前。あれからも伊呂波《いろは》茶屋のお化けについて考えてみました」

「ああ、あれか。それで？」

「わたしの推測を述べる前に、ひとつだけお訊《き》きしたいのですが、ああいうところの花魁というのは、店のあるじにないしょでお金を貯めたりできるのでしょうか？」

「うむ、できる」

静山はにやりとした。

「やはりそうですか」

「だが、あるじはなんとかそれをさせまいとする。そのせめぎあいだ」

「御前はそんなことまでご存じだということは、ああいう店にもかなり通われたのですか？」

「うむ。一時は吉原よりもくだけた感じが面白くてな。秋冬になればすがれた感じもいいものに思えたし」

「それで、わたしの推測ですが……」

「うむ」

「最初は、店主が花魁の金の隠し場所を探ったのだと思います。いきなり妖《あや》かしが出現した。もちろん、糸で吊るしたり、棒で持ち上げたりといった悪戯《いたずら》に毛の生えた程度のものです。だが、店主自ら騒ぎ立て、恐怖感をあおれば、花魁はいちばん大事なものを持って逃げていく。あるじはしらばくれて、あとでそれを確かめればいいことでした。おそらく、それで取り上げるというのではなかったと思います。あるじとしては、とりあえず花魁の裏金を確かめておきたかったのでしょう。そのうち、お化け騒ぎは噂になり、それめあてにやって来る客も出てきた。そうなればもちろん、今度は客集めが目的で、妖かし騒ぎを引き起こします」

「ふざけたやつよのう」

「まったくです。だが、ちゃんと、そういう詐欺まがいなことは許さぬという花魁の味方が現われる。お前のやることなんて、すべてお見通しだと、同じ手口だが、あるじが仕掛けていない鉄瓶《てつびん》を持ち上げ、熱湯をぶちまけてやった。あるじが熱い、熱いと逃げまどうところを、こちらからじっと見ている客がいた……御前、そのようすは面白かったですか？」

　と、彦馬は静山に訊いた。

「ああ、面白かったぞ。びっくりしたのと、熱いのとで、腰を抜かしたようになってな」

「やはり、あの現場にいたのですね」

　彦馬は嬉しそうに笑った。

「よくわかったな」

「当たってますか」

「ほとんど当たっている。それに付け足すとしたら、わしの他愛もない思い出話くらいのものだ」

　静山は懐かしそうな目をした。

　彦馬は行ったことはないが、まるで上野山の裏手に桃源郷があるのかと思えるような、静山のうっとりした眼差《まなざ》しだった。

「店主はどうなりました？」

「あの店の権利を売り払ってな、寛永寺の子院で出家をした」

「へえ」

「人はときに目覚めるのさ。けち臭い悪党だって、目覚めることはある」

「御前のおかげかもしれませんね」

と、彦馬は言った。すこし世辞が混じったかもしれない。

「なあに」

静山は嬉しそうな顔をした。

「もしかしたら今度のことも、仕掛けている者に見当がついているのではありませんか？」

「まあな」

と、静山はうなずいた。名は出したくない。友人の倅《せがれ》である。

「そいつは、あのお化け話をまともに読んだ。そなたは裏まで読んだ。一枚上手だ」

「とんでもない」

「だが、面倒なのは、その男はしつこいのさ。無理やり戦いに引っ張り込まれる。勝つまでやめようとしない。ま、わしもそこらは同じなんだがな」

「では、ますます、あの屋敷は買わないほうが」

と、彦馬は言った。

「ううむ」

「お化け屋敷なんてどうせでたらめに決まっています」

「ところがな、そうやってでたらめの噂が立つうちに、何かを妖かしが感じるのだろうな。今度はそういう場所に本物の妖かしが呼び寄せられるということは、往々にしてあることなのさ」

「なんと」

「横川と源森川《げんもり》がぶつかるあたりなんだろう？」

「はい」

じつは今日、ここに来る前に見て来た。

ずいぶん噂にもなっていて、しかも横川沿いということで、すぐにわかった。門構えや周囲にめぐらせた塀もさほど武張ったものではない。一部が築地塀になっていて、裏手は黒板塀だった。豪商の隠居家に見えなくもない。だが、怪しい気配はあふれていた。

夕暮れどきのせいもあったろうが、コウモリとカラスがやたらに飛び交うような、薄気味悪い屋敷だった。夕日の赤が、黒板塀に吸い込まれていくような気もした。

あんな屋敷など買って欲しくなかった。

「あそこらは妖かしが匂うだろ。欲しいのう」

「それは……」

「いや、買う。使えることがあるはずだ」

と、静山は少し怖いような顔で、油が滴るようににたっと笑った。

五

目の前の盃《さかずき》や小皿が宙を舞い出した。蝶々の霊にでも祟られたかのような、軽やかな動きである。だが、なかには横殴りに飛んでくるものもある。思わず首をすくめるほどの速さである。

「こ、これは……」

「いったい、何が」

八畳間二つのあいだの襖《ふすま》が取りのぞかれてある。そこへ、お膳《ぜん》が八つ、並べられていた。

床の間の前の上座に座っているのは川村真一郎である。

あとは二列になっていて、下忍《げにん》や岡っ引きが座っている。

そのお膳の上の盃と小皿に起きた異変である。ふわふわと浮き、それから飛び交いはじめた。

行灯《あんどん》は部屋の端に二つあるだけで、かなり暗い。人影がふいに大きくなったり小さくなったりする。

やがて、並んだお膳の真ん中あたりにあったものが、かたかたと揺れ出した。ほかのお膳はそんなことはない。

お膳の前にいた若い下っ引きが、これを手で押さえようとすると、
ばあん。

と、いきなりひっくり返った。

「うわっ」

いい若い者が恐怖の悲鳴を上げた。

廊下側の障子の向こうを得体の知れない影がさささっと走った。

「ああ、もう、我慢できぬ」

と、下手に座っていた武士がいきなり立ち上がった。

「それは細い糸のようなもので吊《つ》り下げているに決まっている。ええい、こうして切り離してやるわ」

次々に浮かんでいるものを刀で払っていくが落ちない。

「こっちか」

「今度はこっちか」

部屋中のものが昆虫の旅立ちのように次々に飛び始める。箸《はし》やきせるなどの小さいものから、一度ひっくり返ったお膳や、あげくに行灯まで。

「なんだ、これは、いったい」

武士の顔つきは次第におかしくなってきた。

「出たな、妖怪《ようかい》」

部屋にいた者にまで斬りつけてきた。

「ひぇーっ」

と、逃げまどう。

がきっ。

と、音がすると、柱に刀が食い込んでいた。武士の知り合いらしき男が、なだめすかせるように退場させていった。

「どうなってるんだ……」

若い男が恐怖に目を見開いたまま、つぶやいた。

「とまあ、こんな騒ぎを起こすのは造作もないこと」

障子戸が開き、入ってきたのは鳥居耀蔵だった。

「これは、完成した仕掛けの披露会、ま、わかりやすく言えば、すべて仕掛けと芝居でござる」

「ああ、知っていながら、唖然《あぜん》としてしまいました」

部屋にほっとした空気が流れた。

川村以下お庭番の者たちと、鳥居の子飼いの岡っ引きたちは、これにいわば招待されていたのである。

けれん味たっぷりの演出だった。

「怖いですな」

「肝が冷えます」

と、皆が口にすると、

「川村どの。あの男はこういう噂が立てば、まず断わることはない」

と、鳥居は嬉《うれ》しそうに言った。

「うむ。そして、ここへ住んだあかつきには……」

「すでにほかの仕掛けもしてあるので、いろんなことが起きていくというわけだ」

「本当に、買うかどうか」

「いまごろは、契約の書面をもらっているでしょう」

先日から交渉に行かせているのは、桜田屋敷の下忍だった。

武術ではかなり劣るが、商人の真似をさせれば天下一品だった。

鳥居の計画を聞き、それならと川村が紹介したのである。もちろん、お庭番のすることだから、本物の材木屋と結託しており、正体が見透かされる心配もない。

「まもなく明け渡すことになるでしょうから、こうして見てもらったわけです」

「いや、面白いものを見せていただきました」

と、下忍などには礼を言うのもいた。

だが、川村は内心、首をかしげていた。

——これはちょっとやりすぎではないのか。

この男は、着想などは面白いが、加減というのが常人と違っているように思える。

もう少し抑えたほうがよいのではないか。

そこに、商人に化けた男がもどってきた。

「どうだ、買っただろう？」

鳥居が喜び勇んで訊《き》いた。

男は首を横に振り、申し訳なさそうに言った。

「断わられました」

六

「欲しかったのう、お化け屋敷」

と、静山は悔しそうに言った。

本所中之郷の下屋敷の離れである。

夜になってからこまかい雨が降り出し、開け放した戸の向こうに見える闇が煙りのように見える。さらに向こうの池の真ん中あたりに見える、小さな青い光は何なのか。まさか、蛍にはまだ早い。

「そうですか」

と、彦馬はうなずくしかない。

「だが、金がないというのだからどうしようもない。まったく、ここの用人は財布《さいふ》の紐《ひも》が固くてまいるのう」

金がないというのは嘘ではなかった。

吉原から請求書が来ていた。

目を瞠《みは》るような金額が記されていた。あのお化け屋敷の値をはるかに上回る。数日間の夜桜見物で、静山はずいぶん豪遊してしまったらしい。

「下手すりゃしばらくは外出も禁じられるかもしれぬ」

「それはまた」

彦馬は笑いを嚙み殺した。がっかりしているようすが子どものようである。

「それにしても凄《すご》い金額ですね」

「いっしょに行った者がしこたま飲んだうえに、芸者や幇間《ほうかん》もずいぶん呼んだからな」

「いっしょに？　誰と行かれたのです」

「あれ、雙星、聞いていなかったか？」

「え？」

嫌な予感がした。

「ほれ、そなたの養子の」

「雁二郎がごいっしょしたのですか？」

雙星家の断絶に一歩近づいた気がした。

「うむ。あいつの芸を吉原の連中にも見せてやろうと思ってな。幇間まで大笑いしておったぞ」

「それは、すっぽんぽんのぽんという芸ですか？」

と、恐る恐る訊いた。まさか、あの下品極まりない芸を旧藩主にお目にかけるような馬鹿だろうか。

「いや、違う」

「では、黄金の袋ですか？」

「あやつ、そんなにいろいろ芸があるのか。わしらが見たのは、犬のぷるぷるだった」

「犬のぷるぷる？」

「うむ。犬はときおり、身体全体をぷるぷるって震わせるだろう」

「ああ、はい」

犬だけではない。猫や鳥もやる。たぶん、毛におおわれた生きもののほとんどがやるのではないか。だが、犬がいちばん目につくのも確かである。

「そっくりにやるのだ。こう、両手両足をふんばるようにしてな……」

と、静山は自らかんたんにそのしぐさを真似た。もちろん、ぷるぷるまではできない。だが、思い出したらしく、ぷっと噴いた。

「笑ってしまうぞ。しかも、あやつは吉原きっての幇間とも隠し芸の交換などしていたようだったから、さらに新しい芸も身につけたかもしれぬな」

彦馬は頭が痛くなってきた。

あの男のことだから、図々《ずうずう》しく御前に頼んだのかもしれない。承知したのは御前だから文句の言いようはないが、それにしても黙っていたのは腹が立つ。

「御前。あいつはまだ十四です」

「なんだと。わしはてっきり六十は、いっているのかと思った」

いくらなんでも六十はない。

「元服だってしてるかどうか疑わしいようなやつです。ですから、あいつのことはもうお誘いいただかぬほうが」

この調子で吉原の遊びに励まれたりなんぞしたら、とんでもない失敗もしでかしそうである。

「わかった。そなたがそこまで言うなら、もう誘わないことにしよう」

と、静山は約束した。

「それにしても、御前はどうして、そのように怖ろしい話が好きなのでしょう？」

と、彦馬はつねづね思っている疑問を口にした。

静山は、遠い目をして苦笑いし、

「わしは怖いのだろうな」

と、低い声で言った。

「ご冗談を？」

静山と、怖いという言葉ほど、結びつきにくいものはない。

「いや、おそらくそうなのだ。怖くてたまらないものを、心の奥に押し込めてきた。だが、ちょろちょろと取り出して見たくなり、ほおら怖くないと安心したい。雙星。人には誰も押し殺した思いというのがあるのさ。それが頭で納得したはずの理屈よりも、陰でその人間を動かしていたりする」

「はあ」

たしかにそういうことはあるような気がする。

「怖いものよ、人というのは」

静山は腕のあたりを撫《な》でながら、本当に怖そうな顔でそう言った。

闇の向こうの池のあたりで、青い光がぼおっと大きくなった……。


川村たちの一行と、鳥居たちの一行が、お化け屋敷の前の河岸で別れて行くのを、雅江は業平《なりひら》橋の上から見ていた。川村たちは、横川を南の下流へ向かい、鳥居たちは逆に源森川のほうから大川へ出るつもりらしかった。

すでに陽は落ち、あたりは闇に閉ざされている。雅江は提灯《ちょうちん》をともし、誰かを待っているようなようすで、橋の欄干にもたれている。

鳥居たちの話し声が聞こえていた。

「まさか、静山が断わるとは意外でした」

そう言ったのは、鳥居に重用されている久米助《くめすけ》という岡っ引きだった。雅江はこの屋敷で職人たちに指図しているところも見ていた。

「何が金がないだ、言い訳に決まっている」

と、鳥居が吐き捨てるように言った。

「だが、あの男は本当に使いすぎているみたいだと言ってましたが？」

「馬鹿。静山はお化けが怖いのさ。わしにはわかっている」

鼻でせせら笑い、

「ふっふっふ。ものすごく怖いんだ」

と、もう一度、言った。

「川村さまも落胆なさっていましたな」

「なあに、こうした仕掛けには失敗は付きものなのさ。わしはあらかじめそこまで考慮して計画を立てているからな。川村どののような痛手はないのさ」

「さすが鳥居さまです」

と、久米助は世辞を言った。

「それより、ここをどうするかだが……」

お庭番に金を準備させて入手した屋敷である。

「すぐに返しますか？」

「いや、そのうちまた、使える機会もあるかもしれぬ。わしが、しばらく隠れ家として使うことにする」

鳥居一行が、業平橋の下をくぐって行くところだった。

鳥居耀蔵が舟からちらりとこっちを見た。雅江は提灯を持っているので、顔もはっきり見えたはずである。

だが、鳥居の表情に何の変化もない。以前、自分を助けてくれた女と気がつかないのだ。

変装をしているわけではない。逆である。まったく化粧をしていない。

情けないし、悔しくもあるが、この顔がいちばん、世間に見せている雅江の顔とは似ても似つかない顔になるのだった。

――そうかい、静山は買わなかったのかい……。

と、雅江は鳥居の舟を見送りながらつぶやいた。てっきり雅江も、静山は買うものと思っていた。あの男はそういう男だった。わざと危難に身を置いて、さらに成長しようとする男……。

しばらくは鳥居が使うと言っていた。使い道は想像がつく。ここはまもなく、あぶな絵だらけになる。

――そうだ、川村をここにおびき寄せることにしよう。

と、思った。ここの仕掛けはすべて摑《つか》んでいる。

雅江は桜田屋敷にもどった。

寝そべっていたマツが起き上がって雅江を迎えた。餌もあげているのに、雅江には尻尾《しっぽ》を振らない。

部屋に上がり、茶を淹《い》れてすすりながら、

「織江、いよいよ動くよ」

と、ひとりごとのように言った。

「いいよ」

と、押入れの中で返事がした。マツがくうんと唸《うな》った。

「手はずは整ったの？」

織江は驚くべきところに隠れていた。

雅江の部屋に潜んでいたのだった。

第四話　神さまの忘れもの

「耳助はいない？」

と、押入れの中から織江が訊《き》いた。

「ああ、いないよ」

母の雅江が答えると、静かに戸が開いた。

「お蝶ちゃんなんかといっしょに、朝早くから出て行ったからね。今日はめぼしいのは皆、出ていて、残っているのはボケナスばっかり」

「よかった」

あの男だけは気をつけないといけない。犬並みの聴覚を持っている。

織江は押入れの外に出た。床下に部屋ができている。こんなこともあろうかと、雅江が三年前から少しずつつくってきた。

前の戸は開け放しており、家の中は丸見えになっている。織江はすばやくその死角に座った。

「今日は本所のお化け屋敷に付き合ってもらうけど、まずはあたしに化けてもらうよ」

「わたしが母さんに？」

「そう」

「こんなに似てなくても？」

「ところが、やっぱり微妙なところは似ているはずなんだよ」

後ろを向き、化粧を始めた。

目を大きく描く。雅江と織江のいちばんの違いはここである。織江の目は切れ長だが、雅江はくっきりと驚いたように見開いている。それに濃い化粧をほどこすので、なおさら目立つ。

鼻も雅江のほうが高い。そこは化粧の陰影でごまかした。

雅江が感心しているのが、鏡の向こうの表情でわかる。その表情を見ながら、さらに化粧を進める。

子どものころ、よく、ここの同年代の友だちから言われた。

「織江の母さん、きれい」と。

ほめるだけではない。子どもは残酷なことも言う。

「似ればよかったのに」

織江はいつもこう答えたものだった。

「似たくない。あんな人に……」

いま、雅江は鏡の中の織江をじっと見ている。このごろ、何を考えているのかわからないときがある。

「手早いもんだね」

「わたしのは変装、母さんのは化粧なのよ」

「言うじゃないか」

最後に黒いくすみをところどころに入れた。

「やあね。意地悪ね」

だが、似せなければならないのだから仕方がない。濃い化粧の下から浮かび上がる老いや疲れまで。

雅江の派手な着物を着て、くるりと回ってみせ、

「どう、似てるだろ？」

口真似もした。からかうような表情も真似た。

「じゃ、先に出ておくれ」

「わかった」

マツは留守番をさせた。

素知らぬ顔で屋敷を出る。

門番は控えのほうで、黄表紙らしきものを見ている。同じ下忍たちの出入りにいちいち挨拶《あいさつ》などしない。

しばらくして雅江も出た。

「あれ、さっき出て行ったと思ってましたよ」

「忘れ物しちゃったんでね」

新大橋の上で織江は立ち止まった。ここで待ち合わせた。

川風が心地よい。橋の下をいくつもの船が、思い出のかけらのように行き来している。

また、昔のことを思い出した。あるとき、急に変わった母の香水のこと。一度だけ父の名を訊いたときまったく話そうとしなかったこと。そして、記憶の隅に刻み込まれた不思議な夜のこと……。

「母さんはもう、出て行くからね。みんなにかわいがられるんだよ。あんたならやっていける。あたしが育てるより、いい子になれるよ」

本当にそう言ったのかどうかはわからない。それに近いことは言われたかもしれない。わたしが六つ、あるいは七つくらいの冬の夜。

だが、母はいなくなっていない。次の日の朝、何ごともなかったように台所に立っていた。

あれは夢だったのだろうか。

人が通り過ぎていく。

数え切れない人が、さまざまな思いを抱きながら行き来する。

織江はそんな人々をぼんやりと眺める。わたしの人生もこのうちの一つ。かけがえはないが、ほかの人から見たら、別にどうということのない、小さな人生。

「織江……」

「あ、母さん」

いつの間にか後ろに来ていた。

「ぼんやりしてたじゃないか」

「人の流れを見てたから」

「そうだよ。あたしたちは、いまから、この人の流れにまぎれるのさ」

と、雅江が決然とした口調で言った。

一

神田明神の坂を下りきったところに、〈五の橋〉という評判の甘味屋がある。街道の茶店みたいに簡素なつくりで、客は十人も入ればいっぱいになってしまう。雙星彦馬も、この店のお汁粉《しるこ》は本当にうまいと思う。江戸はだいたいがいろんなものが甘すぎる。だが、ここのはそれほどべたべたに甘いわけではない。

ここは手習い所の生徒のおゆうに教えてもらった。

以来、半月に一度くらいの割合で通っている。

甘いものが好きになったのは、織江の影響だった。平戸に甘味屋などはほとんどなかったが、カスドースという菓子を売っている店があり、それをみやげに持って帰ったら、ひどく喜んだ。

カスドースなどは、それまでは出されたって食べなかった。織江が食べるのを見ているうち、自分も食べたくなり、一口、口に入れた。本当においしかった。

いなくなるとわかっていたら、毎日でも買って帰って、ご飯がわりに食べさせてやればよかった。

店主の名は笹蔵《ささぞう》という。

歳は三十くらい。独り身で、近所の婆さんが店を手伝っている。いつも混んでいるが、昼前後を避ければそうでもない。

「いらっしゃい」

と、笹蔵は茶を置きながら、気軽な調子で言った。この、けっして無愛想ではないが、力の入らない挨拶《あいさつ》が彦馬は好きである。力をこめて挨拶されると、「わたしはお汁粉一杯をいただくだけですが」と、気後れみたいな気持ちを抱いてしまう。

彦馬は笹蔵と話が合う。

星はあまり見ないらしいが、天気の変化を予想するのが好きらしく、そのことで意見も一致した。

「今日は訊《き》きたいことがあって……」

と、彦馬はいつものようにお汁粉を頼んだあとで言った。

「何でしょう？」

「手習いの生徒に訊かれまして、一人前の甘味職人になるには、どれくらい修業すればいいのかって」

「それは弱ったな」

笹蔵は腕組みをした。

「弱った？」

「まず、わたしが一人前かどうかの判定が微妙です」

「それは大丈夫。町の評判がそれを証明しています」

「では、その評価はありがたく受けるとして、わたしはちゃんとした修業をしていないんです」

「え？」

「甘味職人に弟子入りしたりせず、すべて自己流で学んだのです」

「そうなんですか？」

「ええ。にわか勉強です。まずはおいしい甘味屋を開こうと。町の、いや、江戸でも評判になるくらいの、おいしい甘味屋にしようと。思い立ったのは一年前です」

「一年前？」

おゆうに聞いたところによると、この店ができたのもそれくらいではなかったか。

「ひと月、必死で腕を磨き、この店を出しました。なんとか繁盛させたかったので、勉強も必死でしたよ。そんなことでやって来たので、どれくらい修業すればいいかなんて問いには、とても答えることはできませんよ」

「そうでしたか」

だが、それがいまでは『神田日本橋甘味番付』という刷り物にまで名を載せられるほどになった。名店目白押しの中で、新進気鋭の〈五の橋〉はなんと小結に位置していたのである。

ただし、あの手の番付に出ると、遠くからの物見高い客でいっぱいになり、古くからの常連客に迷惑をかけることになる。そのため、名前を載せるのを拒否する店もあって、単純に上から順にうまいというわけではないらしい。

それにしたって小結である。

「番付見ましたよ」

と、彦馬が言った。

「ああ、はい」

笹蔵は照れた顔をした。

「ああいうのは意外に断わったりするのかと思ってましたけど」

「そうだね。ただ、いろんな人が見てくれるのでね」

「いろんな人がね……」

もしかしたら、逆に見て欲しい人がいるのではないか——彦馬はふと、そんなふうに思った。

お汁粉がきた。味わって食べる。本当にうまい。これを食べるため、夜は倹約して粗食になる。それが我慢できるくらいだから、たいしたものである。

「じゃ、ごちそうさま」

と、雙星彦馬が出て行くと、客は女二人だけになった。その片方に、ふっと緊張が解けたような空気が流れた。

なんと、この店に織江と雅江が来ていた。

もちろん、彦馬は気づかなかった。

「別のもいただこうか？」

と、織江は言った。

「そうだね」

「ほんとにおいしい。わたし、豆カン」

「あたしも」

と、雅江は嬉《うれ》しそうにうなずいた。

「やあね。真似しちゃって」

「昔から豆カンは好物だよ」

と、雅江は窓から外を見やり、

「あんた、さっき知ってる人と会ったの？」

と、訊いた。のんびりした足取りで、男が去っていくのが見えている。

「わかった？」

織江の頬がぽっと赤くなった。

「そりゃわかるさ」

めずらしいくらいの緊張が、ぴりぴりと伝わってきていた。一瞬、どこかから手裏剣でも飛んでくるのかと、雅江も身を固くしたほどだった。

「わたしの夫」

と、織江はそっぽを向いて言った。

「あの、ぼぉーっとした面《つら》の男が？」

「失礼ね」

「あの人がそうだったのかい」

と、雅江は目を丸くした。

二

数日後——。

西海屋に顔を出した帰りに甘味屋〈五の橋〉の前を通ると、店の前に人だかりがあった。

といっても、そう大げさなものではなく、常連が四、五人集まって話をしている。

中をのぞくと、店の営業はやっていないらしい。手伝いの七十くらいの婆さんはいて、困った顔をしている。

「どうかしたんですか?」

と、彦馬は人だかりの前に立った。

「店主が昨日の夕方くらいから急にいなくなったんだよ」

たしか町役人をしていたはずの、常連客が言った。彦馬のことも手習いの先生と知っているはずである。

「ほう」

「あたしは夕方すぐには帰っちまうので、いなくなるところは見てないんだけどね」

と、婆さんは言った。

「おれは見たぜ。ちょうど、そっちに座って汁粉を食ってたんだけどさ、急に慌てたようなようすで飛び出して行ったんだよ」

彦馬も見覚えのある男が言った。大工をしていたはずである。

「何か持ってたか?」

と、町役人の常連が訊いた。

「そんな気もするし、持ってなかったような気もする」

「ばあか」

「まったく、あたしゃここのお汁粉を一日一回食べないと、イライラしてきちまうんだよ」

と言ったのは、湯島一丁目の界隈《かいわい》に家作をいっぱい持っていると評判の女だった。

「食べてもイライラしてるように見えるけどな」

大工がからかった。

「やかましいやい」

と、怒鳴りつけ、

「それで、家財はあるんだろ？」

中をのぞきこんで訊いた。

「そうみたいだな」

「夜逃げじゃないだろ。もどって来るつもりなんだよ」

これだけ流行《はや》っていた店である。夜逃げはまず考えられない。それに、ここは自分の家作だと言っていたのを聞いた記憶がある。商売というのは、家賃を払いながらやるのは難しいですよ、とも言っていた。

「でも、一つだけ……」

と、町役人が指差した。店の上のほう、神棚が置かれたあたり。

「無くなっているものがありますよ」

「あ、ほんとだ」

と、彦馬も言った。

見覚えがある。神棚にあった変なもの。それがたしかに消えている。

あれはいったい、何だったのか？

「毎日、拝んでると言ってたよな」

と、大工も思い出したらしい。

「ああ、そうだったねえ。何の神さまなのか、訊《き》いても言わなかったよ」

イライラしたように女が言うと、手伝いの婆さんもうなずいた。婆さんも知らないくらいだから、よほど秘密の神さまだったのか。

「骨箱だったんじゃねえか」

と、大工が言った。

「骨壺《こつつぼ》ってのはあるけど、なんだよ骨箱って？　あんなでかい箱に入れる骨だったら、馬並みの身体がなくちゃならないよ」

「じゃあ、馬の骨だったのか」

「違うって。そんなもの、神棚に置くかね」

と、女はますますイライラしてきたらしい。

「でも、急にいなくなって、丸一日経ってるってのも変ですよね。今日の夜も帰ってこなかったら、奉行所へでも相談に行ったほうがいいのかなあ」

と、彦馬は言った。

原田の顔が浮かんだが、ご新造がもどって浮き浮きしているところに事件など持ち込んだら、どれだけ恨まれるか。

「そこまでのことは……。ま、いちおう、あたしから近所の親分あたりには話しておきますか」

町役人がそう言った。

彦馬は、町役人にすべてまかせることにした。

本所横川沿いのお化け屋敷——と言っても、そういう噂が流れているだけで、本当にここで妖怪変化《ようかいへんげ》を目撃したという人は少ないらしい。

その屋敷の裏門あたりに、雅江と織江の母娘《おやこ》がいた。人けはなく、もし二人を見かけた者がいたら、もう少し暗くなるのを待って川沿いを歩き出す夜鷹《よたか》の二人づれと思うのではないか。

ここにさっきまで中奥番の鳥居耀蔵がいた。たったいま、帰って行ったところだった。

案の定、ここであぶな絵を見て、一刻《いっとき》（二時間）ほど過ごしたのだった。

雅江によれば、

「お城に勤めていて、ここんとこ川村真一郎と親しくしているのさ」

ということだった。

川村と親しい男というのはめずらしい。「絆《きずな》を結ぶ者がまず敗れるのだ」と言うのも聞いたことがあったくらいで、他人を信用しない男だった。

今日は犬のマツも連れてきていた。

「ここから静山さまのお屋敷はすぐだよ、ほら、もどりな」

と、織江は言った。本当に匂いをたどって行けるくらいである。風の向きによっては、静山や相棒のタケの匂いも流れてくるくらいではないか。

だが、マツは動かない。

「きっとタケが捜してるよ」

タケという言葉に、ちょっと周囲を眺めるようなしぐさをした。

「しっ、しっ」

それでもじっと織江を見つめるばかりだった。

「川村への書状はもう届いたころだね」

と、雅江は言った。母娘連判の果たし状だった。「積年の怨《うら》み」と書いた。川村は苦笑しただろうが、わけがわからないくらいのほうが甘く見られるし、舐《な》めて出てくる。

なんとしてもあの男を片づけておかないと、織江の逃亡は成功しない。

「もう、当日まで、直接は会わないほうがいいね」

それぞれあと数日、ひそむ場所は確保してある。

「じゃあ、連絡はどうするの？」

織江が少し不安そうに訊いた。

「忘れただろうね」

「何？」

「笛」

「ああ、忘れるもんですか。あれで笛とか音曲が嫌いになったんだから」

お蝶は三味線の稽古《けいこ》に励んでいた。もっとも雅江と織江のように連絡方法の稽古としてやったわけではない。芸者に化けるための手段としてやっていた。

三味線の音色は明るかった。

子ども心にもそれは羨《うらや》ましかった。

笛は暗かった。音色にも音階にも、嘆きや怨《うら》みつらみのようなものが感じられた。

吹いていると気が滅入った。

雅江は笛を二本取り出し、一本を織江に渡して、

「じゃあ、吹いてみるよ」

と、言った。横笛を構えた姿が、平家物語の女御《にょうご》とまではいかないが、なかなか絵になる。

「うん」

織江もうなずき、雅江が吹く旋律をなぞってみることにした。だいぶ忘れているかもしれない。

ひゃらひゅううう。

懐かしい音色が響いた。ずいぶん二人で稽古したが、じっさいに使ったことはない。母と娘で仕事をするときがなかったからだが、あったら役に立つことも多かっただろう。組み合わせによっては、かなりのやりとりができる。

雅江が次々に短い旋律を奏でると、

「背後に敵」

「笑え、笑え」

「早く逃げろ」

と、織江はその意味を言う。忘れているかと思ったが、よく覚えている。なにせ怒られながら叩《たた》き込まれた。そのときの嫌な気持ち、泣きたくなる思いもよみがえ

ってくる。

とくに懐かしい旋律が流れた。嫌いな曲がほとんどなのに、この曲だけは好きだった。夜の潮風の匂いがした。

「無事に逃げたの意味」

「あんた、よく覚えてるね」

雅江は感心して笑った。

「だって、ほんとに叩かれながら覚えたもの」

「ああ、ひどかったね」

「憎まれているような気がした」

「うん」

と、雅江は俯《うつむ》いた。本当にそうだったかもしれない。子どもを捨てたくても捨てられない思い。その苛立ちをこの子にぶつけていたかもしれない。

「いまの最後の唄《うた》、名前はあるの?」

「月光夜曲」

と、雅江は言って、一瞬、懐かしそうな顔になった。くノ一の合図に使うにしては、胸の奥がくすぐられるような甘ったるい曲名だった。

三

翌日——。

手習いにやって来たおゆうが、

「先生、五の橋は開いてたよ」

と、言った。昨日、来るときに見てくれるよう頼んでおいたのだ。

「おっ、そうか」

「でも、あいにくだけど、笹蔵さんはいなかったよ。お婆さんが腐らせるのは勿体《もったい》ないと、準備しておいた分を売るみたいだった」

「そうか。まだ、もどっていないか」

やはり、奉行所に伝えるべきかもしれない。だが、常連の町役人が何とかしてくれるだろう。

「先生。神棚に置いてあったやつが無くなったんだってね」

「ああ、おゆうも聞いたか、その話を。何が祀《まつ》ってあったかがわかると、行く先の見当もつくかもしれないのだがな」

「うん。あれってたぶん、神さまじゃないと思う」

「でも、拝んでいたんだぞ」

「神さまって毛が生えてる？」

と、おゆうは真剣な顔で訊《き》いた。

「毛？　どういうことだよ」

「じつはあたし、前からあの神棚のものに興味があったんだよ。それで、この前、いっしょにいった手代に肩車をしてもらい、すばやくのぞいたことがあったんだ」

「そうだったのか」

子どもだからできたことだろう。

「もう夕方近くではっきりは見えなかったんだけど、先のほうにふわふわした毛のようなものがついてたんだ」

「毛？　草じゃないのか？」

と、彦馬は訊いた。芝のようなものが枯れていたら、毛に見えるかもしれない。

「ああ、そうかな」

「生きものってことはなかっただろ？」

「動いてはいなかった気がする。でも、上が頭で、下が胴体だったかも？　三角形みたいなかたちで」

「だるまかなあ？」

と、彦馬は首をかしげた。

そこへ、二人の話を聞いていた子どもたちが、口をはさみ始めた。

「それって、首だったんじゃないの?」

と、仁太《じんた》がからかうように言った。

「やめてよ、気味が悪いよ」

おゆうが耳をふさぐ。

「あ、甘味屋のふりして、仇《かたき》持ちだったんじゃないの? 本当は侍で」

と、正太《しょうた》が言った。「それで仇が見つかって、首を持って追いかけて行ったというわけ」

この意見はかなり説得力があったらしく、うなずいた子が何人もいた。

すると、文助《ぶんすけ》がにこっと笑い、

「何言ってんだよ、みんな。それは、神棚にずっと飾ってあったんだろ。だから、それは神さまの忘れものなんだよ」

手習いが終わると、彦馬はまた、〈五の橋〉に行ってみた。婆さんがやっていても、味は変わらないからか、けっこう繁盛していた。

あらためて神棚を見ると――。

かなり補強されているではないか。台の下に支えの棒が二本、追加されているし、紐《ひも》を二本吊《つ》って、天井に留《と》めてあった。

よほど重いものだったのではないか。

首もかなり重いものだとは聞くが、ふたが開いていたので、首だとしたら相当ひからびていたはずである。それならたいして重くはない気がする。

それに笹蔵には、仇持ちにありがちの血気走った感じはまるでうかがえなかった。

ということは、それは毛の生えただるま石？

さっぱりわからなくなった。

もともとご神体になれるようなものなのだったら、わからなくて当たり前かもしれない。子どものころに、近くの山の中腹にあった古い小さな祠《ほこら》の中をのぞいたことがあった。祀られていたのは、欠けた茶碗《ちゃわん》に入った、ひからびた種のようなものだった。近所の誰に訊いても、その正体はわからなかった。ただ、その祠は〈うみこさま〉と呼ばれていたような覚えはある。

だから、笹蔵の拝んでいたものも、しょせんは他人にはわからないものなのかもしれない。

彦馬が神棚を眺めていると、

「そういえば、誰かの無事を祈ってるみたいだったがね」

婆さんがふと思い出したように、そう言った。

「無事を？」

「うん。元気でいてくれますようにって言ってた気がするよ」

「どこかに親でも生きてるんだろうか」

「いや、親は二人とも亡くなったって聞いたけどねえ」

笹蔵という人は、どういう人だったのだろう？

この日も来ていた常連の大工と、イライラしたような女を見て訊いた。

「真面目すぎだよ。とにかくおいしいものをつくるためなら、あらゆる努力を惜しまなかったね」

と、大工が言い、

「変な人だったね。その入り口に立って、上の空みたいに通りを眺めていることがあったよ」

と、女が言った。

彦馬はまるで自分のことを言われているような気がした。

そこへ——。

「ごめんください」

と、女が訪ねてきた。まだ、二十歳前後くらいの歳で、着物などは貧しげだが、すっきりした顔立ちの女だった。

「すみません、こちらにお医者さまの笹蔵さまは？」

「医者の笹蔵？」

みな、いっせいに女を見た。

「この店のあるじで、甘味屋の笹蔵ならいたけど」

人相を訊くと、同一人物らしい。

「そうですか、甘味屋さんになってたんですか。じゃあ、失礼します」

と、がっかりしたようすで帰って行く。

彦馬はあわてて外に出て、

「どこで、医者を？」

と、娘の後ろ姿に訊いた。

「目黒で」

娘は短くそう言って、立ち去ってしまった。

「目黒というと……」

彦馬は近郊の地になると、まだよくわからない。

「お不動さんのあるところだ。ここからは遠いよな」

たぶん、この謎を解くには目黒に行かなければならないのだろう。

だが、彦馬にそんな暇はない。今日はこれから静山のところに行くことになっているし、長屋にもどれば明日の手習いの準備がある。にゃん太に餌もやらなければならない。

「しかも、誰かが殺されたとか、そういう騒ぎではない。そのうちふっともどって来て、なあんだということになりかねない。

「目黒ねえ。偶然ね」

それまで店の隅でゆっくりお汁粉を味わっていた女が言った。

「え？」

みな、その女を見た。

「あたし、いまから所用で目黒まで行くことになってましてね。暮れ六つ（午後六時ごろ）までにもどってきますから、そこらの話を聞いてきてあげましょうか？」

「あんた、暮れ六つは無理だよ。男の足でも二刻《ふたとき》（四時間）はかかるもの」

と、大工が笑いながら言った。

「そんなことありませんて。あたしはいつも往復してますから。それじゃあ、ちょいと」

と、出て行った。

「舟でも拾うかね？」

と、イライラした女が言うと、

「渋谷川《しぶや》をさかのぼれば、速いかもな。帰りは流れに乗って、あっという間だ」

大工は言った。

「いや、ほら、見なよ。歩いて行くみたいだよ」

「じゃあ、女のほら吹きだ」

大工がそう言うと、店の中に笑いが広がった。


雅江は足早に目黒への道を急いだ。

乗り物なんか使う気はない。もう脚力もちゃんと回復している。全盛時とまではいかないが、暮れ六つまで二往復くらいはしてみせる。

織江の夫にひとことだけ言っておきたいことがあった。

それで今日は朝から雙星彦馬のあとをつけ、機会をうかがった。

だが、この男は眺めていると、何だかゆったりした気分がこみ上げてきて、話しかけるよりも、しばらく行動を追いかけてみたくなってきたのだった。

たぶん、織江もときおりこんなふうにあとをつけたりしてきたのだろう。

――いい男ね。

と、雅江は思った。ふつうの女はあまり思わないかもしれない。こちら側に、あの男の個性を受け入れたがる欠落した部分がある——そんな感じの好もしさだった。不思議だった。

仲の悪かった母と娘が、同じような男を好きになる。

ひとことだけ言うつもりが、結局、彦馬が解こうとしている謎の手伝いをしてあげたくなってしまった。

四

それから彦馬は本所中之郷の静山のところに行き、写し終えた『甲子夜話』を返した。いつものように面白い話を所望されたので、いなくなった甘味屋〈五の橋〉の神さまの話を語った。

「どこかに奉納するのを忘れていたのかな」

と、静山は言った。

「あ……」

それはありうるはずだった。

だが、あれが何だったのか、それがわからないと、奉納先も見当がつかない。毛の生えたダルマ石を急いで奉納しなければならない神社なんてあるのだろうか——。

少し遅くなったが、本所の下屋敷をあとにして、神田までもどって来た。〈五の橋〉の明かりがついている。婆さんの娘が、夜だけ手伝うことになったとは聞いていた。

まさかとは思ったが、ちょっとのぞいてみた。

あの女が縁台に腰をかけていた。

「やあ、もどったのですか？」

「ええ」

と、こともなげに小さく笑った。

「ほんとに速い」

昼間もいた大工が、

「歩いたなんて嘘だよ。絶対、馬でも使ったんだよ」

と、疑わしげに言った。それはともかく、目黒まで行ったのは間違いないらしい。「目黒名物　黄金餅《こがねもち》」という包みを持っている。

「いい腕のお医者さんだったそうですよ」

「笹蔵さんが？」

「はい。目黒富士の近くで開業していまして、よく繁盛していたそうです。ところが、一年とすこし前、胸が苦しいと、旅の途中らしい娘が担ぎこまれたんです。笹蔵さんは親身になって治療をほどこしたそうです……」

女の話に彦馬はもちろん、疑っていた大工までも耳を傾けている。

「一度は失った意識もぼんやり回復し、かんたんな身の上話もできるくらいになりました。ところが、そこに娘の叔父《おじ》というのが現われ、すぐに連れて帰ると言い出したのです。まだ早い、用があると、押し問答があり、では、この薬を三ヶ月間飲みつづけるようにと、大量の煎《せん》じ薬を与えて、帰らせたんだそうです」

「へえ、立派な医者だったんだねえ」

と、大工は感心した。

「ところが、笹蔵さんがあとで娘の症状をつぶさに検討したところ、どうもその薬を出したのは間違いだったと気づいたそうなんです」

「なんと……」

彦馬は眉根《まゆね》に皺《しわ》を寄せた。あの真面目な笹蔵がそんな失敗に気づいたなんて、さぞや動顚《どうてん》したことだろう。

「すっかり落ち込んでしまいましてね」

「そうだろうねえ」

「しばらくは、また来るのではないかと待ったそうです。でも、以来、まるでやって来ない。あの薬をやめさせたい。悪化したらどうしよう？　ここで待ちつづけたって、来るわけがない……。そのうち、娘とかわした身の上話を思い出した。娘は、江戸と甲州《こうしゅう》を行ったり来たりする。江戸に行くのは楽しみで、とくに甘味屋が大好きで、どこどこのお汁粉《しるこ》がうまいと聞くと、かならず食べに行くのだと……」

「あ、それでか」

と、彦馬は手を叩《たた》いて、

「それで、笹蔵さんはにわか勉強で甘味屋の腕を磨き、江戸でも評判の店を開業した。その娘が噂を聞いて、立ち寄ってくれるように」

「たぶん。あたしが目黒で聞いた話はそこまでですので」

と、女もうなずいた。自分で聞いてきた話に感動している気配がある。

「へえ、あんた、ほんとに行ってきたんだ。たいしたもんだねえ。そんなべっぴんで嘘つきじゃない女なんてめずらしいや」

大工は急に女を熱い目で見始めた。

「笹蔵さんは、毎日、神棚に祈った。それはもちろん、娘の無事を祈っていたにちがいない……」

彦馬がそう言うと、店にいた連中もうなずいた。

「では、神棚にあったものはなんだったんだろう？」

彦馬は腕組みして、考え込んだ。

神棚に載せたくらいだから、やはりご神体のようなものだったのではないか？

笹蔵は、目黒富士の近くにいた？

目黒富士というのは、たしか江戸のあちこちにある富士塚の一つではなかったか。富士のかたちを模し、そこに登ることによって、富士山に登ったことになるとも言われている。

あの富士塚は、富士の溶岩でつくられるのではなかったか？

娘は、江戸と甲州を往復していた。

「去年あたりに、どこかで富士塚がつくられ、富士の溶岩が運ばれたなんて話は聞いたことがないですか？」

と、彦馬は店の中の客を見回して訊《き》いた。

「富士の溶岩……新しくつくられたんじゃないけど、去年、王子《おうじ》の富士塚が長雨のせいだかで崩れ、富士の恰好《かっこう》がおかしくなって大変だったって話は聞いたことがあるぜ」

「それだ」

と、彦馬は言った。

「そういえば、あそこの富士塚はちょっと変わっていて、いまどきに三日間、火祭りをやるんじゃなかったかな」

と、大工が言った。

「火祭り？」

「そう。ふつう、富士塚の祭りは、富士の山開きに合わせて、六月一日（旧暦）におこなわれる。でも、あそこは独特の縁起があって、いまごろやるんだ」

「その崩れた富士塚の山頂に載せるはずの溶岩を、その娘は運んでいたのではないかな」

彦馬がそう言うと、店の人たちはいっせいにうなずいた。

「あの溶岩てえのは、空気穴がいっぱい開いていて、見た目よりずっと軽いんだ。女一人でも人の頭くらいの大きさなら運べるはずだよ」

そう言った客もいた。

「だが、変だよ」

と、別の客が言った。

「女は富士に登れねえぜ」

そうなのだ。山の神さまは女で、とびきりヤキモチ焼きなので、女は登ることができない。

「でも、富士塚は女も登るよ」

「溶岩は富士から持ってくるんだろ」

「たしかに」

客同士で、推測しあった。

みんなが、首をかしげたとき、

「あ、大丈夫だ」

と、彦馬は笑った。「女だってふもとまで行けるでしょう。溶岩なんていうのは、噴火のときに噴き出たものですから、むしろふもとにあるんです。女でもちゃんと持ってこられますよ」

「なるほどなあ」

と、店の中が嬉《うれ》しそうな声で満ちた。

「笹蔵さんも、その王子の火祭りのことを客の誰かにでも聞いたんじゃないでしょうか。それで、娘に会えるのではないかと、忘れものの溶岩を持ち、王子の火祭りに駆けつけていった……」

「そうだ、それだ」

「おいらもいまから行ってこようかな」

「なんで、おめえまで行くんだよ」

「だって、感動の出会いが見られるかもしれねえだろ」

「馬鹿。邪魔しに行くことになるぜ」

そのお調子者が、止めるのも聞かず、いまにも飛び出そうとしたとき、

「さあ、わたしのお汁粉《しるこ》を食べてみてください」

外でそう言う声がした。

笹蔵が娘とともに帰ってきたところだった。娘はまさに、昼間、訪ねてきたあの娘に間違いなかった。

彦馬の推測をざっと聞いて、

「お見事です、先生」

と、笹蔵は言った。

「間違いなかったですか」

彦馬は頭をかいた。

「それだけのことから、よく、そこまで」

「なあに、こちらの女の人が目黒でくわしい話を聞いてきてくれたからです」

と、彦馬はちょっと歳はいっているが、派手な美人を指差した。

「とんでもない、あたしなんか。話を聞いてきても、なんのことだかさっぱりわからなかったくらいですもの」

女はそっと俯《うつむ》いた。

「おいしい」

という声がした。

みな、いっせいに娘のほうを見た。笹蔵が持ってきたお汁粉を、ゆっくり一口味わったところだった。

「一つだけ、心配ごとが」

と、彦馬は言った。

「薬は大丈夫でしたか？」

「はい。それが、この人の叔父《おじ》というのがあまり性質のよくない人で、高価な薬だろうと途中で売り払ってしまったみたいなのです」

「そうですか」

「おかげで薬は飲まずにすみ、若いこともあって、自然と病は回復に向かってくれたようです」

「それはよかった」

彦馬がそう言うと、誰ともなく、客たちはお互いの肩をぽんぽんと叩《たた》きはじめたのだった。

彦馬たちは、ぞろぞろと店の外に出た。

とっぷり暮れた夜の中に、それぞれが歩みを向けていく。家に帰れば帰ったで、それほど愉快な暮らしが待っているわけではないだろう。だが、たったいま目の当たりにした若い男女のめぐりあいは、皆の胸に小さな明かりを燈したかのようだった。

明神下の道を妻恋坂のほうに向かおうとした彦馬に、

「もし……」

と、声がかかった。

「え？」

彦馬は振り向いた。

あの派手な美女がいた。夜に花が咲いているようである。

「見事でしたね。さっきの推測」

「いやあ」

「頼りがいがある男の人だなって思いましたよ」

「とんでもないです」

「娘をよろしくお願いしますね。それだけなんです」

と、女は早口で言った。

「は？」

深々と頭を下げている。

彦馬もわけがわからないまま礼をし、そのまま踵《きびす》を返した。

だが、妻恋坂の前まで来て、ふと立ち止まった。

あの人はさっき、娘をよろしくと言わなかったか？

——まさか。

と、走って引き返した。織江とは顔はまるで似ていなかった。だが、立ち居ふるまいにすこし似たところはあったかもしれない。

甘味屋の前までもどった。

だが、さっきの女の姿はどこにも見えなかった。

第五話　ちぎれても錦《にしき》

怒りがふつふつと湧き上がってきていた。

川村真一郎がこんな侮辱をうけたのは、生まれてはじめてだった。書状をくしゃくしゃに丸め、床に叩《たた》きつけた。丸めた紙は軽く楽しげにはじかれ、それにまた腹が立った。

届けてきたのは町のこつじきだった。門を抜け、中庭にまで入ってきて、胸が悪くなるほど饐《す》えた匂いをまき散らしながら、「これをおかしらに」と届けてきたとのことだった。

あて名は川村真一郎の名である。だが、

「おかしらに」

と言ったという。

――わたしは、こつじきのおかしらなのか……。

こつじきは正真正銘の本物で、よく尾張《おわり》町の角に座っているのが見かけられると
のことだった。そんな者がのそのそとこの屋敷の真ん中に入り込んでくること自体、
あってはならないのである。間違いなく、雅江が手引きしたのだ。
何のために？
――わたしを愚弄《ぐろう》するためだ……。
川村真一郎は、雅江の長屋に向かった。
家は開け放してあった。押入れの戸も開けられ、その床下に大きな穴があるのも
見えた。下には三畳ほどの部屋がつくられていた。
――まさか、織江はここに。
これ見よがしに、衣紋《えもん》掛けに織江の着物がかけられている。
やはり、ここにいたのだ。さんざん行方を捜しまわったあげく、ついに見つから
ないままでいた織江は、お庭番の膝元《ひざもと》に隠れていた。これもまた屈辱だった。われ
らはいいように翻弄《ほんろう》されている。
――やつら、完全にこの桜田御用屋敷を裏切ったのか？
平戸藩に寝返り、幕府に牙《きば》を剝《む》こうというのか。それとも、わたしという上司に
対する異議申し立てにすぎないのか――。
大きく深呼吸を繰り返した。落ちつかなければならない。あのくノ一どもは、わ

たしを怒らせ、自分たちの戦いを有利にしようとしているのだ。なんと、したたかなくノ一。天守閣のくノ一は、腐っても鯛《たい》であった。

川村は自分の部屋にもどると、さきほど叩きつけた書状を拾い上げ、もう一度、読み返した。

くノ一の母娘から、
川村真一郎さまに対する積年の怨みのことでご相談したきことこれあり、五日後の夜、本所深川沿いの旧お化け屋敷にてお待ち申し上げます。おひとりで来ていただけるものと期待しておりますが、不安にお思いであれば何人でもお連れいただいてけっこうです。かしこ

またもはらわたは煮えくり返った。

言うまでもなく、ひとりだけで行くつもりだった。これで下忍《げにん》どもを引き連れて行こうものなら、町のあちこちで後ろ指を指される人生になりそうだった。

一

「うおーっ」

と、子どもたちの歓声が上がった。法深寺の手習い所の庭である。雙星彦馬は生徒たちと鯉のぼりを上げたところだった。

「気持ちよさそう」

「大きいなあ」

ちょうど風が出ていて、青い空を鯉のぼりが泳ぐさまは清々《すがすが》しかった。

五月の節句（旧暦）まであと半月もあるが、江戸っ子は気が早い。ここはこれでも遅いくらいである。

子どもたちの喜ぶ顔を見るうち、

——ん？

彦馬の目が留まった。

金太《きんた》の顔に元気がない。金太はひと月ほど前に、この手習い所にあたらしく来た子どもである。前の手習い所は、ケンカで追い出された。

小柄だが、首が短くがっちりしている。頬っぺたが赤い。

先輩に金助《きんすけ》がいるので、チビ金と呼ばれている。当人も嫌がっていない。いたずら好きで、しゃべっている途中、胸元からカエルを出して驚かせたりするのは得意中の得意である。

そのチビ金が元気がないなんてめずらしい。

「どうした、なんかあったか？」

と、そばに行って、そっと訊《き》いた。

「うん。母ちゃんが落ち込んでるんだよ」

「母ちゃんが？　具合でも悪いのか？」

「違うよ。どうも、理由はこれらしいんだ」

と、見せてくれたのは一寸四方ほどの二個の陶器のかけらだった。

一つは、「二」の字が見える。習字の見本にしたいような字である。もう一つには、獣の尻尾《しっぽ》のようなものが見える。これは、迫力を感じさせる。

「元はちゃんとしてたんだぜ。でも、母ちゃんはこれを見ると、凄《すご》く怒って、それが入った箱を叩きつけたんだ。これだけが、箱からこぼれ出たんだよ」

「ほう」

箱に入っていたくらいなら、かなりいいものなのだろう。

「誰かが持ってきたのか？」

「うん。おいらの父ちゃんが昨日、持ってきたんだよ。別のところに住んでるんだけど」

「ああ……」

ここに入ってきたとき、だいたいのことは訊いた。母親は、お妾《めかけ》をしている。そんな子は、手習いの中にも何人かいて、めずらしくはない。

父親というのは、須田町《すだ》に大きな穀物の問屋を構える上野屋治兵衛《うえのやじへえ》といい、

「お妾を持つようには見えない、おとなしくて真面目そうな男だった」

和尚《おしよう》はそう言っていた。

「母ちゃんが箱を投げたら、父ちゃんは慌てて、これはほくさいなんだぞと怒鳴ったよ」

「ほくさい？」

「先生、ほくさいって何だろう？」

「上に、あとか、いや、しゃらとかつかなかったか？」

彦馬は真面目な顔で訊いた。

「それじゃ、あほくさい？　しゃらくさい？　ちがうよ」

「そうか。それで、そのときは怒ったけど、いまは落ち込んでるのか？」

「うん。でも、うちの母ちゃんは落ち込みっぱなしではいないからね。こういうと

きになんかあると、すぐまた怒り出すし、そうなると何をしでかすかわからないんだよ」

と、大人みたいに深刻そうな顔をして言った。

「先生、助けてあげなよ」

と、いつの間にかそばに来ていたおゆうが言った。金太の元気がないのを気にしていたのだろう。おゆうは面倒見がよく、去年の秋にここへ来たが、すでにこの手習い所のまとめ役のようになっている。

「助けたいのは山々だが……」

と、彦馬は腕組みをした。

いくらなんでもそこまで首を突っ込めない。それぞれの家の中の話である。

だが、二人のすがってくるような表情を見てしまうと、

「とりあえず、何が起きたのかくらいは探ってやろうか」

つい、そう言ってしまった。

「やっぱり、先生だ」

と、おゆうは嬉《うれ》しそうに笑った。おゆうは人を調子に乗せるのがうまい。

まずは、陶器のかけらのことを知らなければならない。

法深寺の和尚に訊いてみることにした。転んだダルマのような顔をしているが、

あれでなかなか物知りである。

「ほくさい？」

「ええ」

「葛飾北斎《かつしかほくさい》のことだろうな」

「有名なんですか？」

「知らないお前のほうがおかしいのさ」

和尚はからかうように言った。

絵はあまり興味を持たずにきてしまったのだ。だが、それくらい有名なら、あの陶器もかなり高価なものだったのだろう。

「たしか、北斎はいま、北野天神の裏に住んでいるぞ。最近、引っ越してきたらしい」

北野天神は前の通りを神田明神のほうへすこし行った寺の境内にある。

「すぐ、近くじゃないですか」

では、本人に何を描いたのか訊けばいい。ついでに値段もわかるかもしれない。

彦馬は、手習いを終えたあと、北野天神の裏あたりを訪ねてみた。

ところが――。

北斎という人は引っ越し魔としても有名だった。七日ほど前に越してきたが、昨日、また引っ越して行った。ここに来る前は、神田の小柳町《こやなぎ》に十日しかいなかったという。

「たった六日……」

「ああ、変わった人だったねえ、ありゃあ」

長屋のおかみさんが言った。彦馬もずいぶん変わっているとは言われてきたが、六日で引っ越すような奇行はしたことがない。

次の行く先は誰にもわからないらしい。

「ふっふっふ」

嬉しくて、鳥居耀蔵はつい、ひとりで笑ってしまう。

隠れ家の屋敷が手に入り、ここで自分の好きなものに没頭する。こんな幸せがほかにあるだろうか。

ものを集める喜び。それは初めて知った気がする。

鳥居が集め出したのは「エロ絵」である。みなは「あぶな絵」とか「春画」などというが、中奥に勤める者としてはあぶな絵や春画の収集をしているなどと思うと、どうしても疚《やま》しい気持ちになる。何か、新しい呼び方はないものか。さんざん考えて、この呼び方を思いついた。

エロ絵。これだとあまり恥ずかしくない。

場所が確保できたので、気にせず購入することができる。

今日も一日、本屋や版元《はんもと》をまわり、風呂敷《ふろしき》三つ分のエロ絵を買い求めてきた。

これを、この屋敷のいちばん奥にこもって眺める。

のんびり座って、自分で淹《い》れた茶をすすりながら、じっくりと見る。

とくに、北斎の肉筆が素晴らしかった。

やはり、そこらの絵師とは格が違った。

この北斎に願いをかなえてもらえないだろうか。

たった一度、出会ったあの生きた菩薩《ぼさつ》。不思議な武術でわたしの危機を救ってくれた。夢の女ではなく、たしかにこの江戸のどこかに生きている。

あの菩薩の顔をあてはめ、北斎にわたしだけのエロ絵を描いてもらいたい。

この願いが急速にふくらんできたのである。

——頼んでみるか。

北斎は有名な引っ越し魔だが、住まいは突き止められる。

そこらはおやじのコネが利く。北斎だって仕事を失うわけにはいかない。版元には引っ越し先を伝えるのだ。その版元経由で教えてもらえばいい。

明日にでも行ってみるつもりだった。

「なるほど。北斎のかけらか」

　と、静山がかけらを陽に透かすようにした。金太から借りたもので、千右衛門ならわかることもあるかと、佐久間河岸の西海屋に持ってきたところで静山と出会った。

二

　西海屋の通りに面した店先である。このところ、静山が来ると、いつもこの縁台に座るので、来たときに使えないなどということがないよう静山用としてふだんは奥に入れてある。

「いいものだな」

　と、静山は言った。

「わかりますか？」

　と、彦馬は訊いた。

「筆の勢いが違う」

「はい」

「ちぎれても錦《にしき》だ。腐っても鯛、ちぎれても錦」

「なるほど」

北斎は、ほんの一部でも素晴らしいのだろう。

「何の絵だったのかのう」

「それは、わかりました」

と、彦馬は言った。

「これだけでか？」

静山は目を丸くし、

「おいおい」

と、千右衛門は信じていないように笑った。

「昨夜、これを眺めながら考えてみたのです。獣の尻尾《しっぽ》は、猫でもキツネでもタヌキでもない。どう見ても犬でしょう」

「ああ、そうだな」

と、静山はうなずいた。

「だが、一で何がわかる？」

と、千右衛門が訊《き》いた。

「一は難しかったです。思い出したのは手習い所で鯉のぼりを上げたことでした。まもなく端午《たんご》の節句がやってきます。それで、ぴんときました。これは、日本一の一ではないかと」

「日本一……」

日本一という文字があって、犬がいて、端午の節句と関係がある。

「あっ、桃太郎か」

と、静山は膝を叩いた。

「なるほど、そうか」

千右衛門もうなずいた。

犬、猿、雉《きじ》をしたがえ、背中に「日本一」の旗を差した桃太郎の勇姿が、それぞれの脳裏に浮かび上がったらしい。

「でも、金太という子どもへの贈り物なので、金太郎でもよさそうです」

と、彦馬は言った。

「いままでに、金太郎はやっているのだろう」

静山はそう推察した。

なるほど、そうかもしれなかった。

「絵師の北斎だな」

と、長屋の入り口に立って、鳥居耀蔵は中に声をかけた。

「あ？　ああ」

北斎はちらりとこっちを見た。造作《ぞうさく》はみな大づくりで、北斎の絵に負けず劣らず迫力のある顔である。

「わしは千代田のお城に勤める鳥居耀蔵という者だが、じつは描いてもらいたい絵があってな」

「あっしの絵は高いですぜ」

筆を動かしながら言った。

娘らしき女もいれば、弟子らしき男もいるのに、座布団一枚も出さない。お茶ひとつ出さない。

「そう聞いている」

鳥居はうなずき、懐に入れた財布を上からつかむようにした。ときどき脅し取られたりするので、大金は持ち歩かないようにしているが、今日は特別に三十両を現金で準備してきていた。

「何を描きます」

「エロ絵……いや、あぶな絵を」

「ほう」

北斎はにやりと笑った。

「どうじゃ？」

「めずらしい注文ですぜ」

もしかしたら、この高名な絵師を傷つけただろうか。

そういえば、この手の連中はやたらと矜持《きょうじ》だけはあると聞いたことがある。

「みな、遠慮するのか。北斎にあぶな絵を頼まねえ。だが、あっしは別にそんなことはこだわらねえ。頼まれたら、なんでも描く。あっしが描きたくねえのは下手な絵だけだ」

「ただ、描くのではない。これは相談なのだが」

「何です。早く言ってもらえませんかね？　あっしは今日中にあと二十枚、描かなくちゃならねえ」

あと二十枚とは凄《すさ》まじい量である。

「その女の顔は、じっさいにいる女の顔に似せてもらうということはできぬか」

鳥居がおずおずとそう言うと、北斎はふんと鼻を鳴らし、

「女をつれてきてもらえば、何も難しいことはありませんぜ」

北斎の家の前にそば屋が見えた。

あそこに座らせるくらいはどうにでもなるだろう。

「わかった、連れてくる」

「一枚二十両。前金で五両」

高い。だが、嬉《うれ》しさに思わず顔がほころんだ。

三

翌日――。

手習いの後始末を終えて、彦馬は法深寺を出た。

今日も本所中之郷の下屋敷に向かう予定である。静山と天体観測をすることになっていた。

初夏の少し湿っぽい風に袴《はかま》をぱたぱたいわせながら、本郷五丁目の路地の入り口の前を通りかかると、金太がちょうどこっちを見ていた。この奥に金太の長屋がある。

――ん？

と、思わず足を止める。

怒った顔の女とすれ違った。ちらりとたもとの中が見えた。さらしにくるんだものがあった。庖丁《ほうちょう》だろうか。

金太が困った顔で路地の入り口まで出てきて、坂のほうへ行く女の後ろ姿を見送った。

「いまのは？」

「母ちゃんだよ」

怖い顔をしていたが、なかなか美人だった。

「なんだか血相を変えていたな」

「調べてわかったことがあるらしいよ。それで、また怒り出したんだ」

と、泣きそうな顔で言った。

「確かに気になるな」

あれがほんとに庖丁だったら、誰かを傷つけようとしているとしか思えない。

なぜ、怒っているのか？　たぶん、北斎の陶器を叩《たた》き割ったつづきには間違いないだろう。

桃太郎ではなく、金太郎だったら怒らなかったのか？

ちかり、と閃《ひらめ》いたものがある。

「なあ、金太」

「なあに？」

「お前、桃太とかいう兄弟がいたりしないよな」

「兄弟かどうかは知らねえが、そういう名前の子どもはどこかにいるらしいよ」

「やっぱり、いるのか」

「でも、おいらもちゃんと聞いたわけじゃないんだ。父ちゃんと母ちゃんの話に出てきたり、母ちゃんのひとりごとに出てきただけの名前だから」

「なるほど……」

何となく想像がついた。

妾《めかけ》が二人いるのだ。

それぞれに子どもがあり、名前は金太と桃太。

旦那《だんな》は、どっちにもいい顔をして、跡継ぎだのなんだのと言ってきた。

それが間違えて持ってきたことでばれた。だから、金太の母は烈火のごとく怒ったのではないか——。

では、いまはどこに行ったのか？

「父ちゃんのところに行ったのかな？」

と、彦馬は訊いた。上野屋治兵衛のところなら神田の須田町である。

「わからねえよ。桃太のところじゃないといいんだけど」

「どうしてだ？」

「桃太の母ちゃんの兄貴は、内緒にしてるけど、ヤクザの親分だって聞いたことがあるんだ。おどすつもりで行ったりすると、逆に殺されちまうよ」

「なんだと」

それはまずい気がする。

星が見えるまではまだ時間がある。静山のところにはちょっと遅れても、金太の母親のようすを見てきたほうがいいかもしれない。下手したら金太は身寄りのない子になってしまう。

「その、桃太というのはどこにいる？」

「神田の橋本町《はしもと》だと聞いたような気がする」

「よし、わたしが探しに行く」

金太の母親をつかまえ、説諭して、くだらないことはやめさせなければならない。

「何も知らずに見つかるかい？　橋本町といっても広いんだよ」

「たぶんな」

彦馬はちらりと空を見上げた。

「おいらも行く」

「お前はここにいろ。何があるかわからない。それで万が一、いろいろこじれたことになったら、町方の原田という同心にいままでのことを言うのだ」

「原田さんだね」

「そうだ。わたしの友だちだからちゃんと話を聞いてくれる」

だが、名前を出したあと、本当に原田で大丈夫かと彦馬は不安になった。

金太は彦馬がいなくなったあとも、しばらく坂のほうを見ていた。すると、向こうからおゆうがやって来た。

真剣な顔をしたおゆうを見ると、あいつかわいいなあと金太は思った。なんだか胸の奥が切ないような気持ちになる。

「さっき、雙星先生が神田のほうに駆けて行ったけど、わけを知ってる?」

と、おゆうは訊いた。

「うん。じつは、おいらの母ちゃんがさ……」

金太の話を聞き、

「まずいなあ。先生は危ないことをしているよ」

と、言った。

「おゆうちゃん、どうしよう?」

「あんたはここにいて。あたしは、西海屋さんに事情を話し、同心の原田さんに連絡を取ってもらって、ここに来てもらうようにする。それから先生を追いかけるよ」

「おゆうちゃんだって、場所はわからないだろ」

「先生もわからないのに行ったんでしょ」

「そうなんだよ」

「先生は考えたんだよ、きっと。あたしたちは、先生に毎日、教わってるよね。間違えたっていいからいっぱい考えろって。だから、考えればわかることなんじゃないかな」

「うん」

「じゃ、金太は先生に言いつけられたとおりここにいて」

「ちぇっ」

「追いかけるうちに、たぶんわかる」

と、おゆうはいったん腕組みして空を見上げ、それから駆け出した。

金太はおゆうの後ろ姿も見送っていたが、

「おい、ガキ」

と、後ろから声をかけられた。

振り向くと、身体の大きな、怖そうな若い男が立っていた。

「な、なんだよ」

「おめえ、金太だろ」

「違うよ」

と、しらばくれた。子ども心にもそうしたほうがいいような気がした。

「いや、金太だ。この前、たしかめた」

「え……」

「ちっと、来てもらうぜ」

と、男は物騒な目つきで言った。

「駄目だよ。いま、ここに町方の同心さまが来るんだから」

と、金太は脅すつもりで言った。

「なに、町方が」

「その人はおいらの先生の友だちだからね。よく話を聞いてくれるぜ」

「なんだと……」

男の顔がさらに凶暴なものになり、金太は余計なことを言ったと後悔した。


「めずらしいな、おぬしとお城の中で会うなど」

と、鳥居耀蔵は川村真一郎に言った。二人の会話はすっかり気心の知れたものになりつつある。

「急いでいたので呼んでもらった」

と、川村は言った。いつ来るかわからない鳥居を待っているわけにはいかない。

「ちと、庭の隅に」

「ああ」

石垣の端に来た。鳥居は恐々《こわごわ》、のぞきこむ。

眼下は白鳥堀と呼ばれる堀だが、もちろんこの時期、白鳥は飛来していない。

お城はさすがに景色がいい。

大手門がまっすぐ向こうに見え、その彼方《かなた》には江戸の町が広がっている。江戸の町というのは、大きな建物が目立つ寺社地や大名屋敷、どことなく整然とした武家地、そしてごちゃごちゃした町人地に大別できるが、それらの町をいま侵食しつつあるのは青々とした樹木の緑である。緑は若葉の頃を過ぎて濃さを増し、沖の海のような深味をたたえ、大都の杜《もり》を展《ひろ》げつつあった。

「それで用は？」

と、鳥居が訊いた。

「例の横川沿いのお化け屋敷のことだがな、どんな罠《わな》を仕掛けたのか知りたいのだ」

「お安い御用だ」

紙と矢立《やたて》を取り出し、かんたんな図面を描いてくれた。

門と塀、母屋と離れ、そして小さな池や樹木が繁ったあたり、屋敷のたたずまいが一目でわかる。

絵もうまい。この男はつくづく才人だと思う。

「これが抜け穴だな？」

ところどころを貫く直線を指差した。

「ああ、外や井戸ともつながる」

「この屋敷、いまも使っているのか？」

「いや、別に」

と、鳥居はしらばくれた。

あそこの一室の壁を埋めつつある膨大なエロ絵を見たら驚くだろう。

「ちょっとあの屋敷を見たいのだが」

「えっ」

鳥居はひどく慌てた。

「何をするのだ？」

「いや、やはり間に合わぬか」

と、川村は思いとどまった。

いつもとはようすが違う。

「何があった？」

「あそこで今日、くノ一と会う。わたしを裏切ったくノ一だ」

「他にも誰か行くのだろう？」

「いや、一人で行く」

愚弄《ぐろう》されたくない。

「一人で？　やはり、おぬしも愚者の一人か。なぜ、最大の準備をせぬ。猛獣はうさぎ一匹狩るのにも全力を使う。ましてや、くノ一。とんだ煮え湯を飲まされるぞ」

「そう思うか」

「当たり前だ」

「おぬしの言うとおりかもしれぬな」

これを誰かに言ってもらいたかったのかもしれなかった。

「早く、人手をかき集めろ。わしもいっしょに行こう」

と、鳥居は言った。

「なんと」

少しじんとくる。

「下手すると、くノ一は先に入って、抜け穴なども調べつくしているやも知れぬ。だが、大丈夫。あの屋敷にはまだ、わししか知らない秘密がある」

四

「あそこだ……」

神田橋本町で、彦馬はついにその家を見つけた。

思ったより時刻を費やしてしまったが、どうにか間に合ったらしい。

ちょっと離れたあたりに、さっきの女が立ち尽くしていたのである。

「金太の母さんだね？」

と、彦馬は声をかけた。

ちらっとたもとを見る。さらしにくるまったものはまだ入っている。

「え、あんたは？」

「法深寺の手習い所で金太を教えている雙星といいます」

「ああ、先生でしたか」

と、深く頭を下げた。

「金太のためにも、早まったことはやめてくださいね」

「はい。いまも、やめようと思ってたところです」

「よかった」

いちばんの心配は回避できたらしい。

「カッとなって、桃太ちゃんを殺すつもりできたんです。本妻にまで取り入って、養子の話が進んでいたんです」

「そうでしたか」

「でも、金太のことを思ったり、金太と同じ歳のあの桃太ちゃんを見たら、とてもできっこないですよ。子どもに罪はないんですから」

「そのとおりですよ」

「よかったんです。金太はあんな情けない男の跡継ぎになんかしない。あの旦那《だんな》は養子で入ったけど、女房に頭が上がらないんです」

「……」

よくある話である。それ自体は別にどうということはないが、いろいろとこじれてきたのだろう。

「挨拶《あいさつ》だけしていきます」

「それがいい」

金太の家とよく似たこぎれいな長屋の中の一軒である。少なくとも途中までは、旦那に二人を差別する気持ちはなかったのだろう。

だが、声をかけても返事はない。桃太の母はいないらしかった。

路地に若い男がやって来た。金太の母を押しのけて、家の中に入ろうとした。

「なんだよ、てめえらは」

いちいち人を脅すような目をする。

「こちらに桃太の母親がいるはずだが」

と、彦馬が答えた。

「いまはいねえ。それより、てめえらは？」

「手習い所で教えている者だが」

「けっ、手習いの師匠かい。おれは大っ嫌《きれ》えだったぜ」

「そんなことはいいから、桃太ちゃんの母親に、金太は上野屋の跡継ぎになんかさせませんからと伝えてちょうだい。もうどうでもよくなったって」

と、金太の母親が言った。

「ああ、そいつは遅かったかもしれねえな」

「なんだって」

金太の母の声が大きくなった。

「金太ってえのはもう親分のところだ。おいらがいま、運んできたところだ」

「どういうことだい？」

「いいから、痛い目に遭いたくなかったら、おとなしく家で待ってろ」

「なんてやつ」

と、カッとなった金太の母が、若い男に摑みかかろうとした。やっぱりこの母は気が短い。彦馬はすばやく帯に手をかけ、後ろに引きもどす。

「このアマ」

「おい、よせ」

若い男が手を伸ばし、金太の母を殴り飛ばそうとしたとき、

「たあっ」

と、彦馬の一本背負いが決まった。これほど見事に決まるものかと驚いたくらいで、静山と稽古《けいこ》しているときと同じ力でやると、勢いがつきすぎるくらいだった。

背中から地面に落ちた男に、彦馬は上から言った。

「金太のいるところに案内してもらうぞ」

その家は、さほど遠くはなかった。一度、曲がっただけで桃太の家からは二町ほどしか離れていなかった。

ちょっと奥にあるのに、宿屋のような造りの大きな家だった。間口は広いが、商いをしているような気配はまるでない。看板もなかった。ただ、奥のほうに刀や槍《やり》がここは物騒でございとでもいうようにたくさん飾られてあるのが見えた。土間が

やたらと広く、これで土俵でもあれば、相撲部屋としても充分、使えそうである。

家が見えると、いっしょに来た若い男は、足を引きずりながら駆け出し、中に飛び込んで行った。一足先に、自分の口から事情を説明するつもりなのだろう。

「ごめんください」

土間に一歩入って、彦馬が声をかけた。金太の母には、交渉はわたしにまかせてくれと頼んである。

上がり口にいた若い者が二人、身体を揺すりながら彦馬の前にやって来て、

「なんなんだよ、てめえ」

「うちの組に文句でもつけに来たのか？」

と、両脇からはさむようにした。一人はヤクザには惜しいような好男子で、もう一人は刃物で削《そ》がれでもしたらしく右目の上が眉《まゆ》もなく平らになっていた。

「文句などは……ただ、金太という子どもがこちらに来ているらしいので、迎えに参っただけです」

彦馬は緊張はしているが、落ち着いた声で言った。

「迎え？　帰れると思ってたのか。笑わせるんじゃねえ」

と、右の眉がない男は、鼻先で笑った。

奥からゆっくりと錦《にしき》のような派手な半纏《はんてん》を着た男があらわれた。いまの時期には、

生地もそうだが、原色の色合いが暑苦しい。

「親分だ」

「ほら、頭を下げろ」

好男子のほうが彦馬のわき腹を突《つつ》いた。何の親分なのか。それもわからないのに、頭を下げるいわれもない。

歳は四十ほどだろう。小柄だが、首の太さや肩の逞《たくま》しさは尋常ではない。何代か前に、血統に猪が入ったような身体つきである。

「うちの将太《しょうた》をずいぶん痛い目に遭わせてくれたんだってな」

「そんなつもりはなかったのですが……」

将太というらしいあの若い者が、恨みのこもった目で彦馬を見ている。

後悔した。やはり、柔術の技など使うべきではなかったのか。

「親分。この野郎は信用できませんよ」

と、将太が言った。

「なんでだ？」

「町方の野郎とつるんでるらしいです」

「つるんでるというのは違う。この金太の母が騒ぎを起こしそうな気配だったので、未然に防ごうと思ったのだ。金太さえ無事なら、わたしは騒ぐつもりはない」

と、彦馬は言った。

「だが、もう決めたことだからな」

親分は笑った。

「決めたって、何を?」

「まあ、とりあえず一度は、小僧の顔を見させてやるが……」

と、親分は後ろを向いてうなずいた。

正面の戸が開いた。口を押さえられている金太がいた。金太は首を振って、何とかしゃべれるようになると、

「先生！　母ちゃん！」

と、叫んだ。

「放してやれ」

親分が顎をしゃくるようにした。

金太が母親に駆け寄り、胸に飛び込んだ。

「母ちゃん、怖いよ。この人たち、おいらに死んでもらわなくちゃならないって」

と、親分のほうを指差した。

「おいらがいなくなれば、上野屋の財産をそっくり自分たちのものにできると踏んでるんだ」

「子どもまで巻き込まなくても」

と、金太の母親はすがるような目で親分を見た。

「いや、駄目だ。こいつ、賢いのでな。桃太の敵になるばかりか、今度のことも全部、しゃべっちまいそうだ」

親分が小さくうなずくと、がたがたと音がして後ろの戸が閉められた。どうやら鍵《かぎ》までかけたらしい。

戸の前には、例の好男子と、右の眉が削がれた男が立っている。二人とも、とりあえず武器は手にしていない。片方が帯の背中側に短刀を差しているだけだった。

全部で五人。一人で相手をするには多すぎる。

「あたしはこの子を上野屋さんの跡継ぎになんかさせたくないんだよ」

「そのわりにはずいぶん騒いだっていうじゃねえか」

「あれは、つい、カッとなっただけで」

「そういうもんなんだって。欲しくないと言いつつ、いざとなりゃあ何でも欲しくなるんだって。人間てえのは、どれだけ欲が深いのか、自分でもわからねえほどなんだ」

欲の権化が悟ったようなことを言う。

本当にこのまま帰してくれることは無理そうだった。

おゆうは立ち止まって頭上を見た。薄い雲が散らばったようになった空である。

「ほんとにわかるのか？」

と、同心の原田朔之助は訊《き》いた。

いつものように西海屋の店先で油を売っているところに、この娘が飛び込んできた。

「ちょうどよかった……」

と、おゆうは喜んだ。ざっと話を聞くと、雙星が危ない。

西海屋に、本所の静山公との連絡を頼み、原田はおゆうとともに橋本町に駆けてきた。だが、道々話を聞いてみると、向かった家は橋本町というだけで、くわしくは知らないという。町内をしらみつぶしに当たっていたら、明日の朝までかかる。

「大丈夫。雙星先生もたぶん、同じ方法で探し出したはずだよ」

と、おゆうは空を見ながら言った。

「いくら雙星でも、昼間は星を見ぬだろ」

「星じゃないよ、あれだよ」

立派な、ここらには似つかわしくない鯉のぼりが泳いでいた。

大きさが違う。それと、吹流しが矢絣《やがすり》のような模様になっていた。あんな鯉のぼりはめずらしい。

金太の鯉のぼりも同じものだった。おゆうは走っている途中で、金太の鯉のぼりがやけに立派だったのを思い出した。いつも空を見ている雙星先生もあれに気づいたに違いない。父親を同じくする金太と桃太。同じ鯉のぼりをもらっていても不思議ではない。

「あの鯉のぼりをあげている家に違いないよ」

と、おゆうが駆け出し、原田があとを追った。

その鯉のぼりの下には、こぎれいな長屋があった。真下の家には子どもがいた。

「ここに雙星という者は来なかったか？」

と、原田は訊いた。

「さあ」

金太と同じ歳くらいの子どもは、小生意気そうに首をひねった。

「お蝶はおらぬのか？」

中庭に集まってきた下忍《げにん》たちを見回し、川村真一郎は訊いた。

「お蝶は本日、中津藩中屋敷に招かれていて、芸者として宴席に出ています。なかなか会えない男に接近できる機会が訪れました。おそらく夜中まで、いや朝方まで居つづけることになりましょう」

と、下忍頭の一人、耳助が言った。

「そうか」

川村はがっかりした。

織江を敵にしたあげく、お蝶が来ない。もう一人、腕の立ったお弓は、すでに松浦静山によって倒されている。使える者はきわめて少ない。

「川村。たかだか二匹。これほど連れていかなくても」

と、言ったのは、西丸《にしのまる》に出仕している倉地彦太郎《くらちひこたろう》である。

これほど大きな動きをするときは、いちおうもう一人くらい、お庭番をつれていくほうが、あとあと面倒がない。倉地家は吉宗《よしむね》公の時代に取り立てられたいわゆるお庭番十七家のひとつである。

しかも、この彦太郎は、剣の腕が立つわりに、頭のほうはのんびりしている。事情を呑《の》み込めないまま、いろんなことをしてしまう。何かしくじったときは、この男を丸め込んで、有利な証言をさせればいい。

「なあに、訓練だ」

「なるほど」

と、倉地はすぐに納得したが、

「そちらのお方は？」

川村のわきにいた鳥居を指差した。

「中奥番をしている鳥居耀蔵と申す」

と、鳥居はみずから名乗った。

大勢の人の前に立つとき、この男におどされてびくびくしていたときの面影はまったくうかがえなくなる。いかにもお城の中枢に勤務する、若き切れ者といった顔に変わる。

「中奥番……さようで」

おそらくお庭番筋などよりはるかに家格は高いはずである。倉地はすぐに邪魔者扱いをするような態度を改めた。

「二人が立てこもった屋敷はわしのもの。いろいろと抜け穴や仕掛けがあり、そなたたちの戦いが面倒になるだろう。したがって、わしが同行し、危険な箇所について注意を与えよう」

いつの間にあの屋敷が鳥居のものになったのか――川村は内心で苦笑した。だが、鳥居の言葉に、下忍たちは頼りになる者を見るような目で、鳥居を見た。

「では、まいるぞ。向かうのは、本所横川沿いにある三千坪ほどの屋敷。ここに立てこもった二人の裏切り者を成敗する」

と、川村は言った。捕縛ではなく、成敗と。

――ほんとにそれでよいのか。討ってしまっていいのか。川村はすばやく自問自答した。討つのが当然だった。裏切り者なのである。それなのに、心のどこかに、明らかに命だけは助けてやりたいと思う気持ちがあるのを自覚した。

「裏切り者……」

下忍たちは顔を見合わせた。

万三だけが、ひどく顔をゆがめた。誰のことか見当がついたのである。

「それは誰のことで？」

と、耳助が訊いた。

「裏切り者たちは、くノ一が二匹。雅江と織江」

と、川村真一郎が言った。

「なんですって……」

下忍たちから驚きの声が洩《も》れた。喜んだ者は一人もいない。

天守閣のくノ一と呼ばれた女と、その娘。しかも、娘は母を超えたとすら言われる。

一方の桜田御用屋敷ときたら、腕の立つ者はみな、地方に詰めていて、江戸は手薄になっている。それは下忍たちも自覚している。

「一、二、三……」

みな、ひそかにここにいる者の数をかぞえはじめた。ざっと三十人。常識で言えば、くノ一ふたりを討つには充分過ぎる数だった。

それが雅江と織江でなかったらなのだが……。

第六話　お化け屋敷ふたたび

一

「そろそろだね」

と、雅江は空を見ながら言った。

夕闇が降りてきている。今日は夕焼けはなく、周囲は徐々に青みを帯び、いまは紺色に近くなっている。

屋敷の建物がある北側の、離れの茶室の縁側に二人は座っていた。

茶室に仕掛けはない。いかにもありそうだが、そういうところにはつくらないくらいの智慧《ちえ》は使ったようである。

ここは一通り見通しが利く。

さらに、防御のための盾がわりの板なども並べた。

「誰が来るんだろう」

と、織江は不安げに言った。

「誰が来たって面倒なのは川村だけだよ」

織江が言ったのはそういう意味ではない。よく知った者とはできれば戦いたくない。

「お蝶も来てるのかしら？」

それがいちばん心配だった。

「大丈夫。お蝶ちゃんだけは来ないようにしといたから」

と、雅江は言った。

じつは、湯川太郎兵衛《たろべえ》とひさしぶりに会って来た。織江の亭主と、湯川。この二人にはどうなるにせよ、挨拶《あいさつ》をしておきたかった。

中津藩の中屋敷を訪ねたとき、お蝶を見かけた。あの子とはさぞ、戦いたくないだろうと、湯川に細工を頼んだ。どうしてもお蝶の身分を明かしてしまうことになるが、湯川はその後も芝居をつづけてくれるはずだった。

「そうなの」

と、ほっとした。それにしても、何と周到に準備を進めたのだろう。改めて母のくノ一としての力量に感心する。

「だから、川村だけ。あいつは何としても仕留めるよ」

「……」

「とどめはあたしが打つからね」

動きやすいよう、二人とも忍び装束になっている。

桜田御用屋敷にある細かい網目の鎖帷子《かたびら》は持ち出せなかった。そのかわり、胸から腹にかけてきつくさらしを巻いた。

革袋に入れた手裏剣は、五十本ずつ二袋。小さな手裏剣とはいえ、百本もあればずしりと重い。

川村が一人で来ることはないだろう。七、八人は連れてきたとしても、これだけあれば充分なはずである。

全部持ったら、重くて動きが鈍る。十本ずつ左右の腰の袋に入れた。

さらに、薄い手袋をつけた。怖いのは、手裏剣で自分の手や指を傷つけることである。投げられなくなったり、微妙な指の動きができなくなったりする。ぴったり肌になじんだ鹿革の手袋は、その危険から守ってくれる。

刀は二人ともあまり使わない。だが、短刀を一本、腰に差した。

さらに闇が濃くなった。

雅江と織江は、竹筒に入れた、砂糖と塩を溶かした水を一口飲んだ。

カサッ。

音がした。

織江の隣りに座っていたマツが門のほうを見て、低く唸《うな》った。

間違いない。やつらが来たのだ。

雅江と織江は両手に手裏剣を持った。


かなりの数がいることは気配だけでわかった。

多すぎる。誘い込めば、逆に不利になる。作戦を変更することにした。くノ一は一度立てた作戦になど執着しない。状況はつねに変化しつづけるのだ。

こっちから飛び出すことにした。


「出たぞ」

先頭で怒鳴ったのは、倉地彦太郎だった。

「くノ一どもが」

英雄が蛮族退治でもしようかという調子で、のっしのっしと歩いてきた。くノ一を完全に舐《な》めている。

雅江と織江が前に出た。

「二連星《にれんぼし》」

織江が回転しながら手裏剣をくり出す。左手の手裏剣が離れると同時に、宙を舞い、右手の手裏剣も放つ。

「乱《みだ》れ八方《はっぽう》」

雅江も負けじと飛ぶ。横に回転しながら、ほんの少しだけずらして手裏剣を放つ。

「車星《くるまぼし》」

織江が大きく後方に回転しながら、三度連続で手裏剣を放つ。

「鎌首《かまくび》」

雅江の右手が地面すれすれにしなった。

ここまでがわずか一息のうちの動きである。

くノ一たちが両脇に飛びすさったとき、倉地彦太郎の胸と腹に、合計八本の手裏剣が突き刺さっていた。

「なんてことだ」

胸と腹のそれらを何かの間違いであるように呆然《ぼうぜん》と眺めながら、倉地は仰向けに倒れていった。

下忍たちは動揺した。

早くも大将首を一つ、取られたようなものである。

顔見知りの者が大勢いた。もっとも、とくに親しくしてきた者はいない。お蝶がいなくてつくづくありがたい。

「もう一度、行くよ」

「いいわよ」

飛び出し、一通り手裏剣を放って、隠れ場所にもどる。

「母さん、見た？」

「川村だろ。わかってる」

川村はいちばん奥で、じっとこっちの動きを見ていた。

先頭に立って来るべきだろうが、思ったより冷静な男である。もちろん、後ろで見つめられるほうが、雅江と織江にとってもやりにくくなる。

二

仕掛けていた鈴が小さく鳴った。後ろの抜け穴から人が飛び出してきた。一人だけだった。

手裏剣を飛ばす。敵がここまで近づいてくるまで、七本の手裏剣を叩《たた》き込む。刀を振りかぶるような格好をしながら、仰向けに倒れた。

勿体《もったい》ない。手裏剣は回収させてもらう。こういうことはくノ一しかやらない。

茶室の屋根から一人、飛び降りてきた。

これは意外な動きだった。

織江は横に走った。走りながら手裏剣を高々と上に放った。

十間ほど行ったところで立ち止まった。

黒装束の相手も立ち止まる。

「織江。死ね」

「あんたがね」

そう言ったとき、天から手裏剣が降った。二本つづけて、男の脳天へと突き刺さる。

織江の新技だった。

「見た、母さん？」

と、自慢げに訊《き》いた。

「ああ、やるじゃないか。名前はないのかい？」

完成したばかりなので、思いつきを口にした。

「つむじ星《ぼし》」

「格好悪いよ、それ」

「いいの、母さんは文句ばかり言ってなさいよ」

もう一度、飛び出した。

二連星。車星。つむじ星。
織江は息ひとつ切らさない。
二連星。乱れ八方。鎌首。
雅江は息が切れる。
倒しても倒しても、忍びの者がわいてくる。
「あたしたちにどれだけを差し向けてきたわけ」
と、雅江は呆《あき》れた。
「手裏剣が足りなくなるね」
織江は本気で心配しはじめている。
下忍の万三は、逃げようと思った。
こんなくだらない戦いに参加するのはうんざりだった。
とりあえずここを脱出すれば、あとは寺にでも駆け込むことにしよう。
憎んでもいない織江たちと戦い、殺されるのはまっぴらだった。
——密偵というのは……。
と、万三は思った。本来、戦いを未然に防ぐという仕事をすべきではないのか。
敵のことを調べはするが、それは相手の動きを知ったうえで、戦いを回避するための、工作をするためのものであるべきではないか。

そんな考えを下忍頭には言ったことがあった。

「馬鹿か」

と言われた。ずいぶん甘い考えらしい。

ちょうどいい機会だった。

——抜け忍になってやる。

もう、こんな暮らしはこりごりだった。親の仕事でもなければ、好きで選んだわけでもない。行きがかりのような運命であり、仕事だった。そこから逃げるもおれの運命かもしれない。

万三は後ずさりし、いっきにあの塀を越えて逃げようとしたとき、背中がふいに熱くなった。

「こ、これは……」

振り向くと、お庭番の川村真一郎がこっちを見ていた。感情のかけらもない視線だった。

万三は背中に手を当てた。槍《やり》で突かれたのかと思ったが、そうではなかった。小《こ》柄《づか》が一本、突き刺さっていただけだった。

だが、その切っ先は重要な身体の何かを切断したらしく、下半身の感覚は完全に消え失せ、つづいて意識も揺れながら消えようとしていた。

　第二波の攻撃が来た。

　これは凄《すさ》まじい手裏剣の一斉攻撃だった。

　背中側だけは防いでいるが、あとの三方から雨霰《あめあられ》のように手裏剣が飛来してきた。

　織江は板の陰に、マツを抱いたままうずくまった。

　雅江も同様に小さくなっている。

　板に当たる手裏剣の音が変わり出した。最初は板を刺す音だったのが、金属に当たって弾《はじ》く音になっていた。それほど板を手裏剣が埋めつくしたのだ。

　織江は弾かれた手裏剣のうち、使いやすそうなやつを拾った。得した気分になる。

「あいつら、ほんとたいしたことないね」

　と、雅江は笑った。

「そうだね」

　二人が隠れている場所を特定できず、この一帯にむやみに投げつけてきただけなのだ。

「あっちの竹やぶに行くよ」

　と、雅江が先に向かった。

織江はついて来ようとするマツを振り返り、

「マツ、もうお逃げ。お前のおかげでほんとに助かったよ。いいね。屋敷に帰るんだよ」

くぅーん。

と、鳴いた。

「行きな」

と、同時に走った。木の幹から駆け上がれば、犬でも築地塀《ついじべい》を乗り越えられそうなところがある。

だが、あのあたりに確か耳助がいたはずである。

何か伝言を持った犬が逃げると思うかもしれない。

案の定だった。

織江とマツが走るあとから、耳助が追ってきた。川村は来ていない。

「耳助、こっちだ」

一本の手裏剣が笛のような音を立てて織江の手を離れた。

――ん？

なまじ耳がよすぎるため、耳助はこの音が気になった。

だが、茶色いものが塀の上に乗ったのに気づいた。

「あの犬……」

手裏剣を放とうとしたとき、織江が放った星形手裏剣は耳助のうなじに深々と突き刺さった。

三

「何人倒した？」

と、雅江が荒い息を吐きながら訊いた。

「たぶん七人」

と、織江は言った。もしかしたら、一人はまだまだ動けるかもしれない。

「あたしは八人」

「凄《すご》い母さん」

ほんとに凄い。あらためて母のくノ一としての凄さに驚嘆している。雅江の攻撃は大胆である。敵に思い切って接近していく。織江には考えられないくらい近くまで行って、手裏剣を放つ。

ただ、怪我もしている。左の肩にえぐられたような傷。これはかすり傷のちょっと深い程度でたいしたことはない。その背中側に受けた傷は刺さった痕《あと》である。自分で抜いたに違いない。幸い、神経は無事だったようだが、あとで膿《う》むだろう。焼酎《しょうちゅう》をかけてやりたいが、いまは持ってきていない。

「まだ、半分てとこだね」

と、雅江は言った。

「川村さまがまだ、一度も攻撃してこないよ」

と、織江は周囲に目をやりながら言った。

それがなにより不気味だった。

相手の動きは止まっている。

すこし休むことにした。といって横になるわけではない。何かにもたれて、全身の力を抜く。砂糖と塩を入れた竹筒の水を二口三口飲み、深呼吸を十回ほど繰り返す。

これだけでも体力はずいぶん回復する。

「織江」

と、母が柔らかい声で娘を呼んだ。

「え？」

「いいんだよ、憎んでくれて」

「憎む？」

「そう。あたしのこと。あたしがやったあんたへの仕打ち。くノ一の訓練」

「ああ……」

それは本当にそうだった。一度、正面きって怨《うら》みつらみを言いたいくらいだった。どうしてあんなに苛《いじ》めるように厳しくしたのと。

もちろん、そんなことはできないだろうが、できればむしろわだかまりは解け、すっきりするのかもしれなかった。

「だから、憎んでくれていいよ」

いま、こんなときに、母は娘にその機会をくれるらしい。あんたなんか大っ嫌いだったと、言っても許してくれるらしい。

「母さん、わかってるよ。わたしたちは夜に潜む者。人の心の影、この世の影、見つづけてきたじゃないか」

それは本当だった。表の顔、裏の顔。裏の顔が悪いとも限らない。思いがけないやさしさ、気の弱さ。潜まなければ見えてこない。

母にだって、女の顔もあれば、子をうとましがる顔もある。人というのは、なんていろんな顔があるのだろう。くノ一が見てきたのは、藩の野望、転覆への準備だけではない。潜めば否応なく、人の影まで見えてくる。

「それでも自分のことは別なんだよ」

「わかった、憎むよ。でも、半分でほんとに好きだよ」

織江がそう言うと、母の雅江は、

「それで充分だよ、いや、それで最高だよ」

と、朝露の中に咲く清楚な花のようにほほえんだ。


「遅いのう、雙星は」

と、静山は離れの軒下から夜空を見た。星はあまり見えていない。満月なのに薄雲がかかり、天体観測にふさわしい夜ではない。

だが、そんな夜は『甲子夜話』を話題に妖かしの話をする。こっちはこっちで大きな楽しみになっていた。

と、そこへ――。

西海屋からの使いがやって来た。

「なんと、ヤクザがからむごたごたに巻き込まれたとな」

「手習い所の子どもを助けようとしているみたいです」

と、使いの者が言った。

「どこでだ？」

「神田の橋本町だとか。同心の原田さまもそこを探しているそうです」

「ううむ。原田ではちと心許《こころもと》ないな。わしが行こう」

と、静山は立ち上がった。

だが、タケが静山の前に立ちはだかった。

わん、わんわんわんわん。

激しく吠《ほ》えた。

「どうしたのだ？」

主人に向かって吠えるなど、いままでなかったことである。

そこへ、赤いつむじ風が走りこんできた。風は渦を巻くように静山の足元を回って、遠吠《とおぼ》えするように吠えた。行方不明になっていたマツだった。

「マツ。生きておったか」

そのマツが早く来てくれというように、静山の着物の裾《すそ》を引っ張った。

「来いと言うのだな」

門を開ける。どこまで行くのかわからない。静山は馬を出させた。

「よし、マツ、案内せよ」

マツが走り出すと、すぐあとをタケが追う。

ぴしりと鞭《むち》の音が響く。

二匹の犬と、松浦静山の乗った馬が、本所の夜を流星のように駆けた。

そのころ——。

彦馬はまだ、橋本町の親分の家にいた。

後ろにいた好男子と、右の眉《まゆ》が削がれた男は、さほど苦もなく投げ飛ばすことができた。土間に落ちた二人は、腰を打って、痛みのあまり動けなくなっていた。

これで後ろに人がいなくなり、だいぶ戦いやすくなった。

もう一人、親分の後ろから飛び出してきた男は、刀をがむしゃらに振り回すだけで、彦馬にも動きがよく見えた。

斬りかかってくるのをかわし、手首を取って、ねじるように倒す。

ボキッ。

音がして、腕が折れたらしい。

これ以上、戦いたくはなかった。だが、織江もまた、こんなふうに日々、戦いつづけているのかもしれなかった。

鍵《かぎ》がかかっている。ということは、この家の者を全員倒したあとでないと、ここからは出られないだろう。

親分も入れてまだ五、六人はいそうである。

さっき二階から下りてきた大男が、彦馬に向かって突進してきた。

押され、押し倒されたとき、咄嗟《とっさ》の技が出た。倒れながら、足を相手の腹に当て、蹴《け》り上げるようにした。

相手は高々と宙を舞い、壁に激突して気を失った。

確かこの技は、巴投《ともえな》げといったはずである。

たまたまうまくいったが、腰に強い痛みがある。もう、これ以上戦うのは難しそうだった。

「ばらばらにいくんじゃねえ。妙な技をかけられるぞ」

親分がわめいた。

「刀を前に突き出しながら、じわじわといくんだ」

そう。それで終わりだった。

そのとき、後ろの戸が、どぉーんという音を立てた。

――なんだ？

振り向いたとき、丸太が戸の錠前を弾《はじ》き飛ばすのが見えた。

「お待たせ」

と言いながら、原田が入ってきた。こんなに頼りがいがあるように見えたのは初めてだった。

「あとはまかせてもらうぜ」

さすがに原田の敵ではない。たちまち、ヤクザどもの手首を斬って、武器を持つことさえできなくしていった。

親分の首に刃を当てた原田に、彦馬は訊《き》いた。

「よく、ここがわかったな」

「ああ。おいらはいくら訊いても駄目だったんだが、向こうの家にいた桃太ってガキに、おゆうが訊いたのさ。ヤクザのおじさんの家を教えてくれたら、柏餅《かしわもち》十個あげるんだけどってな。食い意地の張ったガキでよかったぜ」

原田がそう言うと、親分は思い切り顔をしかめ、

「あの糞《くそ》ガキが」

と、言った。

四

「ここか。ここに誰かいるのか」

松浦静山は足を止めた犬たちに向かって言った。

ここはたしかお化け屋敷と言われたところではなかったか。買おうとしたが、遊びすぎて懐が乏しく、購入は諦《あきら》めざるを得なかった屋敷。ここで何が起きていると

いうのか――。

静山は馬上で耳を澄ました。

争闘の気配がある。

たぶんこれは、二派が戦っていて、マツはそのうちのどちらかを支援させようとしているのではないか。

空を眺めた。ところどころうっすらと雲がある。今宵《こよい》は満月のはずだが、その薄雲でさえぎられ、ぼんやりとした光しか落ちていない。

――やりにくいのう。

暗ければ、まぐれというものが出現する。あてずっぽうの手裏剣が命中したりもする。静山にまぐれはいらない。実力が発揮できる環境さえあれば、あとは何もいらない。だから、静山の戦いは明るければ明るいほどいい。

「たあっ」

と、馬上から塀の上に飛んだ。

ここは正門のわきである。

飛び降りて、あたりの気配をうかがった。

闇の向こうで、こっちを注目する気配がある。

静山は門の扉を内側から開けた。ぎぎっと音がする。二匹の犬が低く唸《うな》りながら入ってきた。

マツとタケが右手の闇に向かって激しく吠《ほ》えた。

一瞬、遅れて静山は飛んできた手裏剣に気づき、これを叩《たた》き落《お》とした。

しかも、静山は身を隠すのではなく、手裏剣が来た方向にいっきに走った。マツとタケもつづいてくる。

黒装束の男が二人、つつじの植栽の陰に隠れていた。静山はそこを軽々と飛び越して、男たちの後ろに立った。

「あっ、こやつ」

「死ね」

静山は無言のままだが、その刀が宙で×の印を書くように動いた。

刀をふるってきた二人を、ただの一太刀すら合わせることなく斬り伏せていた。

つぎに、マツとタケが吠えるのではなく、唸《うな》った。低く身構えて、左手の闇から聞こえる音に耳を澄ませているようだった。闇の向こうから、あらたな敵が迫りつつあるのだ。

静山は空を見上げた。雲は流れているようだが、月の姿がない。うっすらと明るいだけである。

「マツ、タケ、だいぶそなたたちを頼りにしなければならないかもしれぬな」

と、静山は言った。

鳥居耀蔵は、戦いが行なわれているあたりからちょっと離れ、自分がエロ絵を収集している部屋までやって来た。

じつは茶室には、大量の爆薬が仕掛けてある。

その爆薬に火をつけるための導火線が、ここに引いてあるのだ。

どうやら、くノ一たちはその茶室のあたりを本拠にしているらしい。できれば爆薬は使いたくなかった。下手すれば火事になって、収集したエロ絵までが灰燼《かいじん》に帰す怖れがある。

だが、川村がやって来て、耳元でささやいた。

「鳥居どの。新手《あらて》が出現した」

「なんと」

「そろそろ例のやつを使ってもらいたい」

「わかった」

と、鳥居は引き受けたのだった。戦いが終わればすぐに、例のエロ絵は回収して避難させるつもりである。

戦線は乱れてきている。

背中合わせになるように動いていたくノ一ふたりも、いつしかばらばらに動かざるを得なくなっているらしい。

柱の裏から導火線を引っ張り出し、火をつける準備をはじめたとき、いきなり人が飛びこんできた。

「えっ」

鳥居は唖然《あぜん》とした。死ぬほど憧《あこが》れた菩薩《ぼさつ》が出現したのである。

忍びの黒装束を着ていた。だが、顔は隠していない。今日の菩薩は、立葵《たちあおい》の花のような美貌《びぼう》だった。夏の道端に咲く大きな、背の高い花。派手でありながら、夏の光の下ではむしろ涼しげに見えたりする。

鳥居は思わず手を合わせ、拝んだ。

拝みながら、川村たち桜田御用屋敷の忍びの者たちが戦っている一人が、この菩薩だったことを悟った。

あのときの武術、強さを思えば、なるほど凄腕《すごうで》のくノ一であることに何の不思議もなかった。

――どうしたら、いい？

心がかき乱れた。それが顔にも出たのだろう。

「あんたもつらいよね」

と、菩薩が言った。

「はい。とてもつらいです」

と、鳥居は言った。そう言ったのは初めてだった。言って、自分のこれまでの人生がいかにつらかったかが、走馬灯のようによみがえり出した。

「だが、しっかりやるんだよ」

「はい、ありがとうございます」

こんな素直な気持ちで返事をしたのはいつ以来だろう。

「あの」

「なんだい？」

「葛飾《かつしか》北斎が描いてくれるそうです。あなたの絵を」

「北斎が？　それはありがたいねえ」

「だから、ご無事で」

と、鳥居は祈るように言った。

菩薩は離れの茶室のほうにもどった。

鳥居は導火線に火をつけるつもりで取り出した火打石をまた懐にしまった。

川村には悪いが、ここはしらばくれるつもりだった。

——これほどまで手ごわいとは思わなかった……。

川村真一郎は、内心、そう思っていた。

逆に、下忍《げにん》たちを連れてきたのは失敗だった。

下手な手裏剣を雨霰《あめあられ》のごとく飛ばすので危なくて仕方がない。

鳥居が火をつけに行った爆薬はまだ破裂しない。それで形勢はずいぶん変わってくるはずである。

新手としてやって来たのはどうも一人だけらしい。それでもかなり手強い敵だという。

——作戦は変更だ。

と、川村は思った。

できれば、やはり二人とも生け捕りにしたいと思っていた。

だが、ここは母親の雅江だけでも倒し、織江は逃がしてもいいと思い始めていた。

どうせ、捕まえることができる。

したたかな雅江がいなくなれば、織江の力は半減する。

——まずは雅江だ……。

川村はついに、自ら剣をふるうつもりだった。

「母さん、門のほうで別の騒ぎが始まったみたいよ」

と、織江が拾った手裏剣を袋におさめながら言った。

「騒ぎを聞いて、町方でも駆けつけてきたかね」

「ああ、そうか」

織江は納得した。

「川村はまだ倒せない。無理なのかもしれないね」

と、雅江が悔しそうに言った。

「母さん。どさくさにまぎれて、今宵《こよい》は、このまま逃げようよ」

「そうだね」

雅江はうなずき、

「二人とも逃げ切れるかどうかはわからないね。別々の方向に逃げよう」

「それをやるなら、倒れても助けられないよ」

「もちろんだよ」

と、雅江は笑ってうなずいた。

「どっちかが助かれば菩提《ぼだい》をとむらうこともできるしね」

「あんたには悪いことしたかも」

「悪いこと？」

「無理やり抜けさせちまった」

「ううん。こうなることはわかっていた気がする」

「だろ？」

「やあね」

こういうところが可愛いげがない。それでも織江は無事に逃げたら、母と箱根の温泉にでも行きたいと思った。

「いい男だね」

雅江は苦しそうに言った。まだ息がおさまらないらしい。

「誰のこと？」

「あんたのご亭主だよ」

「会ったの？」

「どうしても、ひとこと挨拶《あいさつ》したくてね」

「名乗ったの？」

「いや、ただ、娘をよろしくと言っただけ」

「まあ」

「やさしいね」

「うん」

「やさしすぎるんだ、ああいう男は」

「そうなの」

「生きにくいよ」

「わかってる」

と、織江は大きくうなずいた。生きにくいのはわたしも同じ。だから、助け合って生きていけたらいいのに。

雅江は懐炉から火を出し、茶室に火を放った。これで周囲を混乱させ、逃走に役立てるつもりだった。

「あんたは、右手。あたしは左手」

「わかった」

「じゃあね、織江」

「気をつけて」

二人のくノ一が別々の方向へ動いた。織江はこんなときは走らない。一人ずつ倒しながら、ゆっくりと目的の方角へ——。

だが、雅江はまるで残りの敵を全部引き受けたとばかり、声を上げながら、つむじ風のように暗い庭を疾駆し始めていた。

それは、夜の舞踏のようだった。

くるくると回転しながら、手裏剣を飛ばし、闇の中を進んでいく。

黒装束を身につけていながら、あまりにも華麗な動きのため、夜桜でも乱舞しているような印象だった。

——きれいに。

それが、雅江がくノ一の術を行使するうえで、もっとも大事にしてきたことかもしれなかった。天守閣の石垣を攀《よ》じ登《のぼ》るときも、変装をするときも、そして手裏剣を放つときでも、雅江は美しくありたかった。

——人生最後のこの戦いも……。

回転しながら走るこの姿を、自分で見つめてみたいほどだった。

だが、そんな人生に満足がいったかというと、それは別の話だった。逆にどう振り返っても、後悔だらけだった。

人生の途中で出現してきた無数の別れ道。その選択の大半はまちがいだった気がする。

ふっと二人の男を思い出した。

本心から好きになったのは、結局、二人だけかもしれなかった。

ついに心を摑《つか》みきれなかった男と、二つの心が溶け合ったように思えた男。

いま、振り返ると、どちらの恋もつらいことばかりだった。

恋はまちがいなく、苦しみを滋養にして咲く妖《あや》かしの花だった。

――信心は足りなかった……。

この数年、悔やむことはむしろそちらだった。痛切に思うことだった。どの神、どの仏というのではない。人の世界を超越した巨大なもの。それに向けて頭を垂れ、手を合わせて祈りの言葉をつぶやく――そのことを、あまりにも怠ってきたのではないか。

だから、いまのあたしがあるのだ。こうして、最後の最後まで戦いつづける愚かなあたしが。

――だが、最後にひとつだけ希望が……。

織江の顔が浮かんだ。織江がお庭番の追撃から逃げ切ること。生きつづけること。その希望に向かって、雅江は美しく回転しながら走った。

前から手裏剣が来た。横に飛んでかわす。だが、一発はわき腹に命中した。

「何のこれしき」

力をふりしぼり、手裏剣がきた方向へ鎌首を三連発で放った。

ところが、金属音が三つつづいた。なんと、弾き返された。

これまでの敵とは桁違《けたちが》いの相手が前方にいた。

ついに眼前に現われたのだ。

——川村真一郎……。

端正な顔が、闇の中で笑っていた。

雅江はわき腹の痛みも忘れ、まるで刀で戦うときのように接近する。至近距離から放つ乱れ八方。

これを破る者がいるとは思えない。

「死ねぇ」

「くノ一めが」

刃が二つの手裏剣を弾くところまでは見えた。

五

静山のいるところに、女が転がりこんできた。

それを追ってきた忍びの者たちが静山を取り囲んだ。雑魚《ざこ》ばかりだが、一人だけ、ただならぬ気を放つ者がいた。

「何者だ」

その特別な気を放つ者が言った。

「妖《あや》かしを求めてさまよっていた者。出会えてよかった」

と、静山は刀を構えた。

雑魚が死に急いだ。突き出してきた刀を軽く叩くようにして、たちまち三人を斬り捨てた。

残った一人と対峙《たいじ》した。

こいつは、新陰流《しんかげ》だった。小さく動くが、しかし、異変を起こす気配がある。

大きく身を沈めた。

剣が斜め下から伸びてきた。

いい太刀筋だった。道場などではまずお目にかかれない。実戦が鍛え上げた剣。

しかし、それは静山の心形刀流《しんぎょうとう》も同じだった。

受けて、身をひるがえし、横なぐりの剣を叩きつける。だが、ぎりぎりでかわされる。

同じような動きが三、四度、繰り返された。

なかなか決着がつかない。

援護のために飛んでくる手裏剣が邪魔だった。

――もう少し明るかったら……。

静山は数歩、後退し、木陰に身をひそめ、待つことにした。

そして、ついに――。

満月が雲の切れ間から顔を出した。滲《にじ》みも欠けもない。玉のごとく完璧《かんぺき》に盈《み》ち足りた光だった。どんなに借金を積もうが、まさにこれが欲しかった。

「この月光、値《あたい》千両にていただこう」

そう言って、静山はうっそりと立ち上がった。

手裏剣が五本、静山を次々に襲った。

静山の刀はほとんど動かない。前に構えた刀をほんの少しだけ、傾けたりしただけである。手裏剣が次々に弾《はじ》け飛んだ。

「わしが的としてよく見えるのと、きさまらのへなちょこ手裏剣がよく見えるのと、どちらが有利かよくわからぬらしいな」

静山の目に手裏剣の軌跡が刻まれる。

その線をたどれば、むろん敵がいる。

「そこに一人」

「うわっ」

「ここにも一人」

「ぐうっ」

静山がひょいとのぞいたら、もう剣の餌食《えじき》となる。

「見える、見える」

ひと睨《にら》みすると、忍びの者たちがぱらぱらと逃げはじめる。だが、足をひきずり、這っている者もいる。門の外まで逃げ切れるかどうか。

さっき立ち合った男だけがまだ潜んでいる。

「いつでも来い」

静山はそう言って、女のもとにもどった。介抱してやるつもりだった。

ぐったりした女を抱き上げる。

「そなたは……」

雅江と静山。それは、二十四年ぶりの再会だった。

「お久しぶりで」

こんなときなのに、雅江は皮肉な笑みまで浮かべた。

静山も笑みに合わせた。

「あいかわらず化粧は濃いのう」

雅江は面白そうに笑った。静山は腹のあたりを見た。深く斬られている。笑えるのが不思議なくらいである。

「そんなことより、あの娘をよくご覧になってくださいな」

築地塀を走るくノ一の影が見えた。

短い刀が閃《ひらめ》き、二つの影が塀の上から落ちるのが見えた。もう敵もほとんどいなくなったはずである。

「む？　やや、あの動き、あの身体のきれ。もしかして……」

静山が苦しげに呻いた。

「気づかれました？　このあいだまであなたさまの下屋敷に忍んだくノ一、そしてあたしの娘」

「そなたの娘……まさか」

「二十四年ぶりに今度は娘のほうが平戸に潜入するなんて、面白いでしょ」

「なんと……あれはわしの娘か」

あえぐように言った。

「あたしはもういいです。あの娘を逃がしてください、お願いします」

「まかせるがよい」

そのためには、さっきの男を無事に帰すわけにはいかなかった。あの男が生きている限り、娘は追われつづけるに違いない。

マツとタケが来ていた。

二匹はさすがにその敵の気配のただならぬことを察知したらしく、遠くからはさむように唸っていた。だが、二匹が向く方角を結べば、そこに敵がいるはずだった。

「出てこい。そなたは逃がさぬぞ」

有無を言わさず飛びこんだ。

静山の凄《すさ》まじい剣が川村真一郎を襲った。

何が加わったのか——と川村はためらっただろう、さっき対峙したときより格段に力がまさっている。

押され、押されて、下がる一方である。

もう、あれしかない。

獅子《しし》斬りの剣。磨き上げた最強の剣である。

走り、急転して、宙に飛んだ。ここから思い切り、剣を振り下ろす。岩も断つほどの剣である。

「とあっ」

「何の」

なんと、苦もなく弾かれたではないか。しかも刀が折られた。

「なんだ、この強さは」

さらに、着地した川村を、二匹の犬が襲ってきた。

「ううっ」

ふくらはぎと腰に食いついている。

宙を何度か回転し、やっと引き離したとき、すぐそこに来た静山の横殴りの剣が走る。

「うわっ」

思わず悲鳴を上げた。

こんな鋭い剣先は見たことがない。

川村は池に落ちた。ひどくみっともない姿だった。

そのとき、背後の屋敷で凄《すさ》まじい音が鳴り響いた。

雅江が茶室に放った火が、ようやく爆薬に回ったらしい。

静山が振り返った隙に、川村真一郎は必死の力をふりしぼって逃げた。

六

川村真一郎と鳥居耀蔵は、留めておいた小舟にどうにか乗り込むと、横川を下流へと下り始めた。忍びの術を知らない鳥居が逃げ切ったのはたいしたものだった。

あるいはあの男がわざと逃がしたのかもしれなかった。旧友の忰《せがれ》と認めたうえで——

——。

後ろでは、お化け屋敷が火の勢いを強くし、あたりを明るく染め上げていた。

「あれはまちがいなく平戸の松浦静山。この件、幕府に」

と、鳥居耀蔵が言った。

「鳥居どの……」

叱りつけたいのをこらえた。

言えるわけがなかった。たかがくノ一ふたりを始末するのに桜田御用屋敷から三十人もの忍びの者をくり出した。いくら松浦静山が途中、助けに入ったにせよ、ことごとく返り討ちに遭い、生き残ったのはそれをひきいた者、ただひとり。こんな話を、どのつらをして言えというのか——。

不幸中の幸いは、この鳥居耀蔵が最初から最後までいっしょだったことだった。一人で行くというのを、大人数を繰り出せと忠告したのも鳥居である。責任から逃れることはできない。

「われらの手で必ず、静山と織江を葬り去る。鳥居どの、それしか方法はござらぬ」

と、川村は言った。

「そうじゃな」

鳥居はぼんやりうなずきながら、

――そうか。菩薩《ぼさつ》は死んだのか……。

と、思っていた。

「雅江……」

静山は名を呼んだ。

返事はない。抱えると、雅江の首ががくりと落ちた。

静山は雅江の帯に差してあった笛を取った。

そっと口に当て、息を吹き込む。昔、自分の近くに接近してきたくノ一に教えた曲。ただ楽しむつもりが、いつしか本気の恋になっていたかもしれない。たぶんくノ一は、静山がそう言っても信じなかっただろうが。

笛はあのときの笛ではなかった。自分がくノ一に与えた笛には小さく「静」の字が刻まれていたはずである。

甘い旋律が流れはじめた。

それこそ、あたしは無事でいますの合図。

月光夜曲だった……。

織江は一町ほど離れた川べりの松の木の幹にもたれて聞いた。松の葉の向こうに満月が光り、それをやさしく撫《な》でるような笛の音だった。

織江も笛を取り出した。ふと見ると、下のところに「静」の字が刻んであるのが見えた。陽の光よりも月の光のほうが見やすい、細い文字だった。

月光夜曲をなぞる。

それから織江は、いったん迷子になって、ふたたび母と出会った子どものような声で言った。

「よかったあ。母さん、無事に逃げてくれたのね……」

月光値千両《げっこうあたいせんりょう》

妻《つま》は、くノ一《くのいち》 5

風野真知雄《かぜのまちお》

平成21年 8月25日　初版発行
令和6年 12月10日　13版発行

発行者●山下直久

発行●株式会社KADOKAWA
〒102-8177　東京都千代田区富士見2-13-3
電話　0570-002-301（ナビダイヤル）

角川文庫 15832

印刷所●株式会社KADOKAWA
製本所●株式会社KADOKAWA

表紙画●和田三造

ISBN978-4-04-393105-7　C0193

◆◇◇

角川文庫発刊に際して

角川源義

第二次世界大戦の敗北は、軍事力の敗北であった以上に、私たちの若い文化力の敗退であった。私たちの文化が戦争に対して如何に無力であり、単なるあだ花に過ぎなかったかを、私たちは身を以て体験し痛感した。西洋近代文化の摂取にとって、明治以後八十年の歳月は決して短かすぎたとは言えない。にもかかわらず、近代文化の伝統を確立し、自由な批判と柔軟な良識に富む文化層として自らを形成することに私たちは失敗して来た。そしてこれは、各層への文化の普及滲透を任務とする出版人の責任でもあった。

一九四五年以来、私たちは再び振出しに戻り、第一歩から踏み出すことを余儀なくされた。これは大きな不幸ではあるが、反面、これまでの混沌・未熟・歪曲の中にあった我が国の文化に秩序と確たる基礎を齎らすためには絶好の機会でもある。角川書店は、このような祖国の文化的危機にあたり、微力をも顧みず再建の礎石たるべき抱負と決意とをもって出発したが、ここに創立以来の念願を果すべく角川文庫を発刊する。これまで刊行されたあらゆる全集叢書文庫類の長所と短所とを検討し、古今東西の不朽の典籍を、良心的編集のもとに、廉価に、そして書架にふさわしい美本として、多くのひとびとに提供しようとする。しかし私たちは徒らに百科全書的な知識のジレッタントを作ることを目的とせず、あくまで祖国の文化に秩序と再建への道を示し、この文庫を角川書店の栄ある事業として、今後永久に継続発展せしめ、学芸と教養との殿堂として大成せんことを期したい。多くの読書子の愛情ある忠言と支持とによって、この希望と抱負とを完遂せしめられんことを願う。

一九四九年五月三日

角川文庫ベストセラー

妻は、くノ一　全十巻　風野真知雄

平戸藩の御船手方書物天文係の雙星彦馬は藩きっての変わり者。その彼のもとに清楚な美人、織江が嫁に来た!? だが織江はすぐに失踪。彦馬は妻を探しに江戸へ向かう。実は織江は、凄腕のくノ一だったのだ！

いちばん嫌な敵
妻は、くノ一　蛇之巻1　風野真知雄

運命の夫・彦馬と出会う前、長州に潜入していた凄腕くノ一織江。任務を終え姿を消すが、そのときある男に目をつけられていた――。最凶最悪の敵から、織江は逃れられるか？　新シリーズ開幕！

幽霊の町
妻は、くノ一　蛇之巻2　風野真知雄

日本橋にある橋を歩く坊主頭の男が、いきなり爆発した。騒ぎに紛れて男は逃走したという。前代未聞の事件が、実は長州忍者のしわざだと考えた織江は、その恐ろしい目的に気づき……書き下ろしシリーズ第2弾。

大統領の首
妻は、くノ一　蛇之巻3　風野真知雄

かつて織江の命を狙っていた長州忍者・蛇文が、米国の要人暗殺計画に関わっているとの噂を聞いた彦馬と織江。保安官、ピンカートン探偵社の仲間とともに蛇文を追い、ついに、最凶最悪の敵と対峙する！

姫は、三十一　風野真知雄

平戸藩の江戸屋敷に住む清湖姫は、微妙なお年頃のお姫様。市井に出歩き町角で起こる不思議な出来事を調べるのが好き。この年になって急に、素敵な男性が次々と現れて……恋に事件に、花のお江戸を駆け巡る！

角川文庫ベストセラー

角川文庫ベストセラー

百鬼斬り　四十郎化け物始末2

風野真知雄

借金返済のため、いやいやながらも化け物退治を引き受けるうちに有名になってしまった浪人・月村四十郎。ある日そば屋に毎夜現れる閻魔を退治してほしいとの依頼が……人気著者が放つ、シリーズ第2弾！

幻魔斬り　四十郎化け物始末3

風野真知雄

礼金のよい化け物退治をこなしても、いっこうに借金の減らない四十郎。その四十郎にまた新たな化け物退治の依頼が舞い込んだ。医院の入院患者が、一夜にして骸骨になったというのだ。四十郎の運命やいかに！

猫鳴小路のおそろし屋

風野真知雄

江戸は新両替町にひっそりと佇む骨董商〈おそろし屋〉。光圀公の杖は四両二分……店主・お縁が売る古い品には、歴史の裏の驚愕の事件譚や、ぞっとする話がついてくる。この店にもある秘密があって……？

猫鳴小路のおそろし屋2　酒呑童子の盃

風野真知雄

江戸の猫鳴小路にて、骨董商〈おそろし屋〉をひっそりと営むお縁と、お庭番・月岡。赤穂浪士が吉良邸討ち入り時に使ったとされる太鼓の音に呼応するように、第二の刺客〝カマキリ半五郎〟が襲い来る！

猫鳴小路のおそろし屋3　江戸城奇譚

風野真知雄

江戸・猫鳴小路の骨董商〈おそろし屋〉で売られている骨董は、お縁が大奥を逃げ出す際、将軍・徳川家茂が持たせた物だった。お縁はその骨董好きゆえ、江戸城の秘密を知ってしまったのだ——。感動の完結巻！

角川文庫ベストセラー

女が、さむらい　風野真知雄

修行に励むうち、千葉道場の筆頭剣士となっていた長州藩の風変わりな娘・七緒は、縁談の席で強盗殺人事件に遭遇。犯人を倒し、謎の男・猫神を助けたことから、妖刀村正にまつわる陰謀に巻き込まれ……。

女が、さむらい　鯨を一太刀　風野真知雄

徳川家に不吉を成す刀〈村正〉の情報収集のため、店を構えたお庭番の猫神と、それを手伝う女剣士の七緒。ある日、斬られた者がその場では気づかず、帰宅してから死んだという刀〈兼光〉が持ち込まれ……？

女が、さむらい　置きざり国広　風野真知雄

情報収集のための刀剣鑑定屋〈猫神堂〉に持ち込まれた名刀〈国広〉。なんと下駄屋の店先に置き去りにされていたという。高価な刀が何故？　時代の変化が芽吹く江戸で、腕利きお庭番と美しき女剣士が活躍！

女が、さむらい　最後の鑑定　風野真知雄

刀に纏わる事件を推理と剣術で鮮やかに解決してきた猫神と七緒。江戸に降った星をきっかけに幕府と紀州忍軍、薩摩・長州藩が動き出し、2人も刀に導かれるように騒ぎの渦中へ――。驚天動地の完結巻！

沙羅沙羅越え　風野真知雄

戦国時代末期。越中の佐々成政は、家康に、秀吉への徹底抗戦を懇願するため、厳冬期の飛騨山脈越えを決意する。何度でも負けてやる――白い地獄に挑んだ生真面目な武将の生き様とは。中山義秀文学賞受賞作。

角川文庫ベストセラー

計略の猫
新・大江戸定年組
風野真知雄

元同心の藤村、大身旗本の夏木、商人の仁左衛門は子どもの頃から大の仲良し。悠々自適な生活のため3人の隠れ家をつくったが、江戸中から続々と厄介事が持ち込まれて……!? 大人気シリーズ待望の再開!

金魚の縁《えにし》
新・大江戸定年組
風野真知雄

元同心の藤村慎三郎は、隠居をきっかけに幼なじみの旗本・夏木権之助、商人・仁左衛門とよろず相談を開くことになった。息子の思い人を調べて欲しいとの依頼で、金魚屋で働く不思議な娘に接近するが……。

酔眼の剣
酔いどれて候
稲葉　稔

曾路里新兵衛は三度の飯より酒が好き。普段はだらしないこの男、実は酔うと冴え渡る「酔眼の剣」の遣い手だった! 金が底をついた新兵衛は、金策のため岡っ引き・伝七の辻斬り探索を手伝うが……。

凄腕の男
酔いどれて候2
稲葉　稔

浪人・曾路里新兵衛は、ある日岡っ引きの伝七に呼び出される。暴れている女やくざを何とかしてほしいというのだ。女から事情を聞いた新兵衛は……秘剣「酔眼の剣」を遣い悪を討つ、大人気シリーズ第2弾!

秘剣の辻
酔いどれて候3
稲葉　稔

江戸を追放となった暴れん坊、双三郎が戻ってきた。岡っ引きの伝七から双三郎の見張りを依頼された新兵衛は……酔うと冴え渡る秘剣「酔眼の剣」を操る新兵衛が、弱きを助け悪を挫く人気シリーズ第3弾!

角川文庫ベストセラー

角川文庫ベストセラー

角川文庫ベストセラー

舞首　流想十郎蝴蝶剣　鳥羽　亮

大川端で辻斬りがあった。首が刎ねられ、血を撒き散らしながら舞うようにして殺されたという。惨たらしい殺し方は手練の仕業に違いない。その剣法に興味を覚えた想十郎は事件に関わることに。シリーズ第3弾。

恋蛍　流想十郎蝴蝶剣　鳥羽　亮

人違いから、女剣士・ふさに立ち合いを挑まれた流想十郎は、逆に武士団の襲撃からふさを救うことになり、出羽・倉田藩の藩内抗争に巻き込まれる。恐るべき殺人剣が想十郎に迫る！　書き下ろしシリーズ第4弾。

愛姫受難　流想十郎蝴蝶剣　鳥羽　亮

目付の家臣が斬殺され、流想十郎は下手人の始末を依頼される。幕閣の要職にある牧田家の姫君の輿入れを妨害する動きとの関連があることを摑んだ想十郎は、居合集団・千島一党との闘いに挑む。シリーズ第5弾。

双鬼の剣　流想十郎蝴蝶剣　鳥羽　亮

大川端で遭遇した武士団の斬り合いに、傍観を決め込もうとした想十郎だったが、連れの田崎が劣勢の側に助太刀に入ったことで、藩政改革をめぐる遠江・江島藩の抗争に巻き込まれる。書き下ろしシリーズ第6弾。

蝶と稲妻　流想十郎蝴蝶剣　鳥羽　亮

剣の腕を見込まれ、料理屋の用心棒として住み込む剣士・流想十郎には出生の秘密がある。それが、他人との関わりを嫌う理由でもあったが、父・水野忠邦が会いたがっていると聞かされる。想十郎最後の事件。

角川文庫ベストセラー